El Antiguo Legado
© 2012 Alfons Mallol Garcia
www.alfonsmallol.com

ISBN: 978-84-616-1795-1
Primera edición: diciembre de 2012

Diseño de cubierta e ilustración:
        Oli Ferrando (www.oliferrando.com)

Alfons Mallol Garcia

El Antiguo Legado

Una crónica de Hassel

I

Por fin tengo tiempo libre para ponerme a escribir mis vivencias, o al menos, las más emocionantes; pero antes que nada, como solía decir mi madre, uno debe presentarse. Me llamo Hassel, y soy hijo de unos humildes campesinos de la Marca Norte de la República de Elmarant –un territorio excelente para la agricultura y la ganadería; malísimo para la diversión y las aventuras–. Cierto que antaño había incursiones de trasgos y otras inmundicias, pero desde que la ciudad de Elmarant, que dio nombre al país, decidió hacerse con nuestras tierras para convertirlas en una provincia fronteriza, los problemas terminaron. Y todo esto fue antes de que yo naciera, pero ya seguiremos con las lecciones de historia en otro momento.

Es fácil imaginarse que mi infancia fue plácida y tranquila, como la de todos los niños de esa región. Realmente había una pequeña diferencia, y es que resulta que soy vidente. Nací con este poder y desde bien pequeñito puedo ver el pasado, el futuro y el presente, tanto de lugares cercanos como remotos, y de gente conocida o de extraños. Nadie en mi familia sabe el porqué, y tampoco intentamos averiguarlo; ir contándolo por allí acarrearía muchos problemas, y no hace falta ser vidente para verlo. Así que tuve una infancia normal, excepto en que ningún niño quería jugar al escondite conmigo.

A medida que iba creciendo, comprendía cada vez más mi don. Empecé pronosticando el tiempo para asegurarnos buenas cosechas. Más tarde también aprendí a predecir los ataques de los animales salvajes a los rebaños. Y a medida que me hacía mayor, y dominaba mejor mi videncia, me dediqué a satisfacer mi curiosidad. Cuando aprendí a leer, y me enseñaron algo de historia, no dudé en usar mi tiempo libre para comprobar los hechos. La mayoría eran poco precisos y solo conseguía visiones borrosas; otros, sencillamente eran erróneos o puras invenciones, simples leyendas. Sin embargo, sabía que allí fuera había un mundo lleno de peligrosas y emocionantes aventuras esperando a ser vividas, de tesoros antiguos deseosos de ser descubiertos, y tenebrosos secretos que debían seguir ocultos. Y yo quería vivirlas y verlas con mis propios ojos, no me conformaba en visionarlo o leerlo. Así que, cuando tuve la oportunidad, me fui a su encuentro.

Mi primera aventura, la que voy a narrar en este libro, empezó cuando tenía dieciséis años. Sabía que por la posada local pasaría un adalid –un jefe militar– con sus dos hombres de armas de más confianza, y que el destino les tenía preparada una pequeña sorpresa. Así que, dispuesto a acompañarles, preparé mi escaso equipaje, no sin antes dejar apuntado todo lo que mi familia necesitaba saber para seguir prosperando.

Los tres hombres eran originarios de la ciudad de Tiragad, que hacía pocos años había sucumbido al poder de Elmarant, completando así la Marca Occidental. Resumiendo un poco, Elmarant perdonó a todos los que se alzaron en armas a cambio de que sirvieran como mercenarios en su ejército, con lo cual pasaban a ser ciudadanos de segunda. Era eso o el exilio, y Elmarant les trataba bien, siempre que obedeciesen. Eso hizo que los defensores de Tiragad se dividieran en dos grupos: por un lado, los que se negaban a aceptar la supremacía de Elmarant; por el otro lado, los que eran conscientes de su derrota.

El adalid, que respondía al nombre de Herut Penlarvo, pertenecía al segundo grupo. Se trataba de un hombre de mediana edad, aún fuerte y recio. Era listo y paciente, y gracias a ello conservó todos sus bienes al ponerlos a nombre de su hermana. Respecto a sus hombres de armas, dejó que eligieran libremente: unos escogieron el exilio, con la esperanza de volver algún día y recuperar su hogar; otros se quedaron, aunque algunos cambiaron de opinión y se convirtieron en rebeldes infiltrados –muchos de esos pronto murieron o desaparecieron–, unos pocos siguieron fieles a la idea de ser mercenarios porque, al fin y al cabo, seguían haciendo casi la misma labor: proteger su tierra de las amenazas más hostiles.

De esos hombres solo quedaban dos, los que le acompañaban. Al mayor se le conocía como Halcón; un experto cazador y antiguo guardabosques de Tiragad; su habilidad con el arco solo era superada por su agudo ojo. El otro era un joven llamado Tharan, discípulo y escudero de don Penlarvo. Juntos habían ido a atender las labores de defensa de la Marca Norte durante el invierno, y estaban de camino a casa.

Mi plan era hacerme pasar por un viajero que, casualmente, iba en la misma dirección. A pesar de ser bastante simple, no estaba exento de fallos, y el primero fue cuando don Penlarvo me dijo:

–Eres demasiado mancebo para ir solo por estos parajes. –Y es que él creía que me había escapado de mi hogar, lo cual era un poco cierto.

–Gracias a las fuerzas de Elmarant, todos los caminos son seguros. No creo que me encuentre con problemas. –También era cierto, pues dentro de las marcas se habían realizado muchas operaciones de limpieza.

–Cierto es que ya no hay ni trasgos ni animales viciosos que nos amenacen, mas siempre habrá quien codicie las riquezas ajenas. –Y es que algunos de los tiragadianos, así como otros hombres, se habían convertido en salteadores de caminos.

–Entonces, para mí sería una gran suerte que me dejaran viajar con ustedes. –Y con esta frase conseguí que don Penlarvo me aceptara.

Y ciertamente era una suerte. Don Penlarvo era un hombre alto y fuerte, con un poblado bigote acorde con su porte noble, que junto a su espada montante y su cota de mallas de media manga, que llevaba bajo un chaleco de cuero, transmitía una señorial sensación de respeto y temor. Halcón era algo más joven que su señor, un poco más alto y sin bigote, dotado con unos brazos firmes que indistintamente podían manejar con soltura su arco largo o su espada corta, llevando una camisa de malla sin mangas como protección. Tharan, armado con una espada ancha y protegido con un escudo y camisa de malla de cuarto de manga, parecía pequeño y muy joven al lado de esos dos hombres, pero era más alto que yo, y también algo mayor.

Y entre esos mercenarios estaba yo, sin armas ni armadura – tampoco las necesitaba, podía ver venir los problemas antes de que llegasen, literalmente–, realizando un viaje a pie hacia Tiragad, que nos llevó solo tres días en completarlo gracias a una de las grandes mejoras introducidas por Elmarant: la carretera.

II

El viaje hasta Tiragad fue plácido y tranquilo, sin ningún contratiempo. Si había salteadores escondidos al lado de la carretera, no se dieron a conocer; exceptuando los peajes, aunque si vas a pie no te cobran –realmente, la tarifa es por animal y por eje que tenga el carro–. Así que pude disfrutar del paisaje y contemplar el mar por primera vez con mis propios ojos. Me pareció algo inmenso, nunca había visto tanta agua junta, ni siquiera en el río Verdana, que pasa cerca de mi casa y desemboca en la ciudad de Elmarant. Se trata de un mar interior, atrapado entre las costas de dos continentes, y recibe el nombre de mar de Eren. Su límite oriental es El Paso de la Serpiente, un canal sinuoso, peligroso para la navegación y lleno de acantilados, que llega hasta el océano Esmeralda, mucho más al este. El extremo occidental lo delimita el estrecho de Eren, mucho menos peligroso, pero con corrientes traicioneras que podrían hacer naufragar a las tripulaciones inexpertas.

Estuvimos cuatro días en la capital de la Marca Oeste, tal y como había previsto. Don Penlarvo aprovechó el tiempo para «debatir los distintos menesteres de la casa solariega» como diría el adalid; aunque la versión de Halcón era más exacta: «discutir con su hermana sin conseguir llegar a ninguna parte».

El arquero aprovechó la ocasión para ayudar a algunas de las jóvenes y recientes viudas tiragadianas, las cuales parecían muy agradecidas. Al principio creía que tenía un gran corazón y que velaba por el bien de su pueblo, pero es que a mi edad aún era bastante inocente. También aprovechaba el tiempo para hacer algunas apuestas, donde le eché una mano y me llevé parte de los beneficios. Un dinero que más tarde necesitaría.

El escudero visitó a su madre y a sus hermanas, que todas

gozaban de buena salud. Al parecer, la familia había decidido entrar en el negocio de los tejidos, adquiriendo un telar y aprendiendo a usarlo, aprovechando que hospedaban a una maestra tejedora llegada de la mismísima Elmarant.

Por mi parte no hice nada digno de mención. Además de ayudar a Halcón con alguna de sus apuestas, aproveché el tiempo para conocer un poco lo que era la vida de ciudad, nunca había pisado ninguna. En la Marca Norte no había ciudades, y lo más parecido a un pueblo eran dos casas juntas en medio de la pradera. La verdad es que Tiragad parecía un lugar un poco angosto y caótico, y si no fuera por mi don, aún estaría perdido, dando vueltas por sus calles.

Al terminar los cuatro días, don Penlarvo reunió a sus dos hombres y les comunicó que tenía un nuevo trabajo, uno muy bueno. Al parecer, había llegado un reclutador extranjero para una tarea de gran magnitud: una expedición al norte con la finalidad de asegurarlo y crear una nueva patria. Se les pagaría bien, y además, podrían quedarse para crear sus propios negocios, o seguir explorando; pero tenían que darse prisa porque los barcos ya habían empezado a zarpar desde Punta de Eren.

Ese tipo de expediciones eran muy frecuentes en esos tiempos. Desde la caída de los Antiguos, el mundo se había vuelto un poco más salvaje a la vez que más libre, y muchos humanos con espíritu aventurero iban en busca de los tesoros escondidos detrás de las viejas leyendas. No siempre volvían, y menos eran los que lo hacían con algo de valor. Aunque algunos encontrasen la muerte en esas búsquedas, otros hallaron poblados humanos aislados que sobrevivían a duras penas contra las inclemencias del tiempo y de los ataques de los antiguos monstruos, ahora descontrolados. Algunos de esos descubridores se quedaban, y otros volvían a su tierra inmensamente ricos. Una misión ideal para tres valerosos guerreros que habían perdido sus derechos y sus casas. Así que los tres hombres hicieron el equipaje y se pusieron en camino, donde casualmente volvimos a coincidir.

Habían decidido hacer el viaje por mar ya que sería más rápido. Fue algo horrible. ¡¿Por qué el maldito barco tenía que zarandearse tanto?! Por suerte solo fueron dos días, pero el primero me lo pasé asomando la cabeza por la borda. Creo que a Halcón le pasó algo parecido, pero supo disimularlo mejor. En cambio, parecía que tanto Tharan como don Penlarvo eran inmunes a ese maldito vaivén. Los demás pasajeros, todos hombres de armas que igualmente habían respondido a la llamada del reclutador, también se marearon notablemente.

Navegamos bastante cerca de la costa, nunca la perdimos de vista. Lo que hizo preguntarme por qué no hacíamos el viaje a pie, pero Tharan me dio la respuesta:

—Los barcos no necesitan ni descansar ni dormir, solo turnar sus hombres.

Lo cual me planteó otra pregunta:

—Entonces, ¿por qué no bajasteis navegando por el Verdana hasta llegar al mar de Eren y seguir hasta Tiragad? Hubiera sido más rápido.

—Mi maestro prefiere evitar la ciudad de Elmarant, no le gusta tener tratos con esas mujeres. Además, nos hubieran cobrado los pasajes y los portes.

Lo que me hace pensar en un detalle que debería haberos comentado antes. La clase dirigente de Elmarant está compuesta únicamente por mujeres, al contrario que en el resto de naciones del mar de Eren, incluyendo Tiragad cuando era libre. Según cuenta la leyenda, hace casi medio siglo, las mujeres elmarantinas asesinaron a sus incompetentes maridos y tomaron las riendas de la ciudad. Nadie se atrevía a preguntarles si era cierto, aunque todo el mundo las creía bien capaces.

A mitad del segundo día de viaje, divisamos los tres faros del estrecho de Eren. El del norte pertenece a la ciudad de Punta de Eren, que delimita el extremo septentrional del paso. Es una franja muy estrecha de tierra que la ciudad lo aprovechó para construir dos puertos: uno oriental, para las pequeñas y rápidas embarcaciones del mar interior; y el otro occidental, adaptado a los grandes buques que se atrevan a navegar por el desconocido océano.

El faro del sur lo controla el clan Luna de Poniente, perteneciente a la Liga Meridional. Tiene un pequeño puerto que da servicio a los pocos sureños que quieran atravesar el océano. La Liga Meridional englobaba todos los clanes de la costa sur del mar de Eren. Es un territorio adusto, azotado por el calor del sol; pero las riberas son zonas fértiles, ideales para el conreo. No obstante, las peleas entre los diferentes clanes son muy comunes, lo que impide su progreso general. Elmarant, así como el resto de norteños, desconfían de la Liga; si algún día las gentes del sur aparcan sus diferencias, dominarán el mar, convirtiéndose en un poderoso enemigo.

El faro central está en una pequeña isla que pertenece a Elmarant. Era de nueva construcción y el más brillante de los tres; pero lo más curioso es que su luz daba vueltas. Por lo que parece, habían puesto unos espejos que iban rotando alrededor del fuego, aunque no sé cómo lo consiguieron. La república había tomado esa isla hace poco con la intención de poder abrir nuevas rutas a través del océano sin tener que depender de nadie, y de paso demostrar su poder naval. Para eso estaban construyendo allí dos puertos, uno marítimo y otro oceánico, así como unos astilleros capaces de fabricar y armar a los grandes navíos. Elmarant se toma muy en serio el dominio de los mares.

El conjunto de tierras del mar de Eren lo completa una misteriosa isla situada en su centro. Según las leyendas, allí se encuentran las ruinas de la ciudad de Arcania, la capital y fuente de poder de los antiguos. Nunca nadie ha ido a averiguarlo, y si alguien lo ha hecho, no ha vuelto para contarlo. Y ahora tampoco es un tema que nos incumba.

Por suerte para mi estómago, pronto llegamos a tierra firme. Aunque si me mareaba así en un mar interior, temía por mi salud cuando estuviéramos en el océano. Esto de las nauseas no salía en mis visiones, la próxima vez también indagaré sobre las condiciones del viaje.

III

Desembarcamos al atardecer para gran regocijo de mi estómago. No obstante, don Penlarvo apremió a sus hombres a buscar al reclutador para los barcos, pero tenía que convencerle de que me aceptara con su grupo. Así que le propuse un trato:

–Don Penlarvo, si le llevo directamente al reclutador, ¿me dejará ir con usted y sus hombres?

–¿Acaso estás versado en las artes de la lid? Eres tan solo un zagal, y ni siquiera posees arma alguna.

–Sé hacer otras cosas, más útiles y únicas. Además, allí donde vais también necesitareis gente de campo.

–Permíteme una cuestión más, joven Hassel: ¿por qué deseas ir?

–En Elmarant nunca llegaré a nada, y usted lo sabe bien. –Aunque ese no era el motivo, sirvió para convencerle.

Cumplí mi parte del trato y le llevé directamente con el reclutador. Nuestro barco partiría mañana antes del mediodía. También busqué una hostal con taberna para poder pasar la noche.

Después de recorrer las calles de Punta de Eren, Tiragad ya no me parecía una ciudad tan angosta y caótica. ¡Nunca me hubiera imaginado que una ciudad pudiera llegar a oler tan mal! Sus calles eran estrechas y retorcidas, y parecía que su gente desconociera las palabras higiene y silencio. Me daba miedo pasearme por ese lugar, y más me hubiera dado si no fuera porque iba con don Penlarvo y sus hombres. Pero conseguimos llegar a la taberna de una pieza.

Allí encontramos a un grupo de tiragadianos que habían optado por el exilio, eran otro adalid y algunos de sus soldados. Reconocieron a don Penlarvo y a Halcón, que habían sido antiguos compañeros de armas, y les invitaron a un trago.

Pronto se formaron dos conversaciones. Por un lado, el adalid exiliado intentaba convencer a su igual de que se uniera a su causa:

–Penlarvo, necesitamos su ayuda para recuperar Tiragad –confesó el exiliado, sosteniendo una copa de vino en sus manos–. Usted tiene el don de gentes que nos falta a los demás; con vos a nuestro lado podríamos reunir a suficientes hombres para aplastar a ese ejército de mujeres.

–Don Belfrid, veo que todavía no habéis discernido la causa de nuestra derrota.

–Nos superaban en número, y nos tendieron una trampa usando malas artes. Esta vez llevaremos a magos y brujos con nosotros.

–Don Belfrid, le ruego que desestime de su empresa, ya que será fútil. Elmarant también dispone de ayuda de lo sobrenatural, de la cual no hicieron menester para vencernos.

–¿Por qué se aferra a ese pensamiento tan derrotista?

–Cuando la marquesa me recibió, me dijo «no perdisteis ni por débiles, ni por cobardes; tampoco fue porque hicimos uso de malas artes. Perdisteis porque no sabéis luchar contra un ejército organizado». Razón no le falta, ya que nuestras tácticas siempre se han centrado en combatir a grupos de trasgos o de incursiones sureñas. –La marquesa también le había dicho «eres el único adalid que comprende por qué perdisteis, y también sabes que juntos somos mucho más fuertes que separados; lástima que los demás sean tan tozudos».

La conversación prosiguió sin que ninguno pudiera convencer al otro. Lo cual fue una lástima ya que don Penlarvo tenía razón. Meses más tarde, a finales de verano, don Belfrid llevó a cabo su plan. Todos sus hombres murieron al caer en una emboscada, y al adalid le dieron a elegir entre el suicidio o pudrirse en la cárcel. Eligió la cárcel con la esperanza de que lo rescatasen; pero nunca existiría tal intención, y cuando años más tarde perdió la esperanza, se suicidó.

Sus captoras se aseguraron de que todo el mundo supiera cómo terminan los que se oponen a Elmarant.

La otra conversación tenía lugar entre Halcón y los soldados de don Belfrid. Hablaban de temas más mundanos y gastaban bromas acerca de las viudas tiragadianas. No lo terminaba de comprender, inocente de mí, pero parecía que Tiragad se había quedado sin varones después de su conquista, y que Halcón era muy atento con dichas mujeres.

Tharan y yo preferimos quedarnos al margen, intentando escuchar la conversación, pero esa taberna era un lugar muy ruidoso. Había hombres de toda índole que no hacían más que gritar: gritaban para pedir una bebida, gritaban para piropear a la camarera, gritaban cuando jugaban a los dados, incluso gritaban cuando bostezaban. Parecía un corral, incluso olía como tal. Y todo amenizado por una exuberante camarera que lucía un rebosante escote; era algo grotesco, esa mujer parecía un barril andante.

A medida que avanzaba la noche, el local se iba animando y abarrotando. Y en el auge del griterío, estalló el conflicto cuando Halcón vociferó:

–¡Me han robado el monedero!

Lo que hizo que todo el mundo comprobara si aún conservaban el suyo, para darse cuenta que varios ya habían sido sustraídos. No tardaron a hacerse acusaciones cruzadas, lo que llevó a la típica pelea de taberna. Nunca había visto una, y menos desde tan peligrosa situación; pero teníamos que ocuparnos de otro asunto.

–Tharan, sígueme –le ordené mientras lo tiraba por el brazo.

Fuimos hacia la cocina, donde nos recibió un hombre que blandía un enorme cucharón vociferando «id a fuera a pelearos». Detrás de él vimos cómo una ágil sombra se escabullía por la puerta de servicio. El escudero comprendió que se trataba del ratero, y empezó a perseguirlo. Yo tomé un atajo.

El delincuente intentó dar esquinazo a su perseguidor girando en cada esquina y entrando en callejones cada vez más estrechos. Obviamente conocía esas calles y a punto estuvo de salirse con la suya; pero no esperaba que le hiciera la zancadilla. Cayó de morros contra el suelo, soltando el monedero de Halcón que aún llevaba en la mano. Cuando intentó levantarse, Tharan se le echó encima. Forcejearon, se golpearon, pero el guerrero se impuso, no sin antes llevarse una sorpresa cuando realizó su presa definitiva.

–¿Eres una chica? –preguntó el escudero, ya que no lo parecía.

–Vigila dónde pone' la' mano' –respondió la chica con un acento algo peculiar.

Al poco aparecieron Halcón y don Penlarvo.

–Vimos salir corriendo a Hassel, así que lo seguimos –dijo Halcón mientras sacaba su espada corta–. O sea, que tú eres quien me ha cogido el dinero, ¿verdad?

–Tu guita e'tá ayí en el zuelo –le respondió la chica mientras se palpaba el moratón de su cara que crecía a causa de su traspié–. Ahora dejadme en pa'.

No tan raudo –intervino don Penlarvo–. Eres merecedora de un escarmiento, te llevaremos ante las autoridades.

–¡No, po' favo'! –imploró poniéndose de rodillas–. Eso' bruto' me corta'an la' mano'.

–¿Las manos o la mano? –preguntó Tharan desconcertado, intentando comprender el acento de la chica.

–La' mano', la' do' –respondió ofendida–. Acazo no me entiende' cuando hablo.

–Si es lo que por justicia mereces, que así sea –sentenció don Penlarvo–. Nosotros somos forasteros en esta ciudad, y es nuestro deber respetar la ley.

–¡No! Po' favo', po' favo' –suplicó la muchacha agarrándose a los pantalones del adalid.

–¿Y si solo le cortamos un dedo? El meñique, por ejemplo – sugirió Halcón–. Ya he recuperado mi dinero.

–Don Penlarvo –interrumpí para detener esa extraña justicia–, usted sabe de sobras que ir amputando manos y dedos no es la mejor forma de hacer justicia. Le propongo que la chica se una a nosotros, así no solo pagará su delito, sino que también la sacaremos de la miseria que la impulsa a robar.

–¡Sí! ¡Po' favo'! –exclamó la joven con los ojos llenos de esperanza–. Le juro que no le falla'é.

Don Penlarvo sospesó la proposición. Los ojos de la ratera parecían sinceros.

–¿Cuál es tu nombre, muchacha?

–Zurinanda. Zuri pa' lo' amigo' –respondió sonriendo mientras se ponía de pie–. Le juro por mi' muerto' que haré lo que me diga.

–Eso espero. Si osas faltar a tu palabra, te hallaremos y obraremos con justicia.

IV

A la mañana siguiente fui a buscar a Zuri. Había pasado la noche escondida y casi no había dormido, tenía miedo de volver a su morada, donde vivía junto a otros delincuentes. Si lo hubiera hecho, su jefe hubiera pasado cuentas de sus hurtos; por no mencionar que se opondría a que se fuera, obligándola a quedarse, incluso por la fuerza.

Aprovechamos el tiempo que teníamos hasta la hora de embarque para realizar algunas compras usando el dinero que había ganado con las apuestas de Halcón en Tiragad. Lo primero era conseguir que Zuri se pareciera a un chico dispuesto a las aventuras, en vez de a una ratera de ciudad. El dinero nos dio para unas ropas de cuero de segunda mano, algo de abrigo y una espada corta; lo suficiente para que la dejasen embarcar.

También quería comprar algo para combatir el mareo en alta mar. Visitamos el mercado del puerto marítimo, donde tuve que vigilar las manos de mi nueva amiga. «Perdón, e' la co'tumbre» me respondía contenta, aunque parecía que algunos vendedores también tenían malas costumbres. Uno intentó colarnos unos simples hierbajos, pero lo pillé; así que le obligué a que nos hiciera un descuento para las raíces que necesitábamos.

Antes de volver a reunirnos con el grupo, le dije a Zuri que si le había pagado las cosas es porque era peligroso que usara sus monedas, y que ya me lo devolvería más tarde.

—Pero si soy má' pobre que una rata, no tengo na'a —exclamó con cara de pena.

—Te recuerdo que solo devolviste el monedero de Halcón; los demás te los quedaste.

—A ti no se te e'capa ni una, ¿eh? —respondió sonriendo.

Entre las monedas que había robado, había unas peculiares que la hubieran delatado. Sus dueños, unos duros guerreros del norte, hubieran dado con ella, tomándose la justicia por su mano; no hace falta entrar en detalles. Nunca se lo dije, tampoco hacía falta que le recordase lo peligrosa que había sido su vida.

El navío que nos llevaría era enorme. Al menos era el más grande que había visto nunca, y sus tripulantes estaban muy orgullosos de él. No hacían más que deshacerse en elogios hacia su embarcación.

–Este barco es una maravilla de la técnica moderna. Su profundo calado, junto a sus castillos de proa y popa, nos permiten llevar más carga que cualquier otra embarcación. Así mismo, esta belleza es dura como una roca, capaz de resistir todos los contratiempos que uno se pueda encontrar surcando el gran mar. Y, por si todo esto no fuera suficiente, está dotada de tres palos, bendiciéndonos con una asombrosa velocidad que más que flotar, volamos por encima del agua.

Enseguida se hizo algo pequeño para mi gusto. Además de la tripulación, allí también había unas dos docenas de mercenarios, para un total de más o menos unas sesenta personas. La cubierta pronto se llenó de marineros que corrían de un lugar a otro, y de hombres de armas que mataban el tiempo explicándose batallitas –el capitán había prohibido el juego con tal de evitar posibles peleas–.

Tharan, Zuri y yo nos quedamos a un lado, apoyados en la barandilla de estribor, en silencio, mirando cómo se alejaba la ciudad mientras masticábamos la raíz antimareo. Tharan quería parecer serio e inmutable, igual que su maestro; pero no podía evitar que sus emociones se reflejaran en sus ojos. Por un lado estaba contento, a la vez que preocupado; pero también sentía curiosidad, junto a algo de miedo hacia lo que allí se pudieran encontrar.

Zurinanda era el otro extremo, tenía sus emociones a flor de piel. Cuando subimos, casi estalló de júbilo por lo afortunada que se sentía de poder dejar esa ciudad; su rostro era sinónimo de felicidad, incrédula de lo que le estaba sucediendo. Pero al ir alejándonos del puerto oceánico, viendo cómo la ciudad empequeñecía en el horizonte, su expresión fue transformándose poco a poco. De la alegría pasó al desprecio; del desprecio, a la aversión; de la aversión, al rencor; del rencor, al odio; del odio, a la rabia; y de la rabia, a la furia. La furia que sentía hacia esa ciudad que le había arrebatado toda su infancia, rompiéndole una y otra vez todos sus sueños y esperanzas, y siempre de la forma más cruel posible. Solamente unas buenas palabras que Tharan le dedicó, «tranquila, no creo que volvamos hasta dentro de mucho tiempo», le impidieron sucumbir a la oscura locura del odio.

Por mi parte, me dediqué a observar con mis propios ojos todo el paisaje, escuchando de fondo cómo los hombres hablaban y los marineros gritaban. Dejé que penetrara en mí esa extraña sensación de libertad que da navegar por el océano. Hasta que don Penlarvo me reclamó:

–Hassel, ¿podríamos hablar? En algún lugar más retirado, en la medida de lo posible.

Asentí y nos fuimos hacia la bodega inferior. Allí solo había barriles y más barriles que contenían todo tipo de cosas, desde comida hasta utensilios. La mayoría estaban destinados a la nueva colonia, los otros eran de algunos mercenarios que llevaban equipo adicional; lo que no era nuestro caso. Pero en ese lugar estábamos absolutamente solos.

–Tu aptitud para las casualidades supera con creces lo común. Si tenemos que trabajar juntos, es menester que nos conozcamos mejor.

–Había sido directo, sin rodeos, así que yo también lo fui.

–Soy vidente. Puedo ver el pasado, presente y futuro de la gente y los lugares. Y, antes de que lo pregunté: no, no estoy huyendo de nadie, y soy el único de mi familia que posee este don, y siempre lo hemos mantenido en secreto para evitar problemas.

–Por lo tanto, conoces lo que nos depara el destino.

–En cierto modo, sí. La videncia no es una ciencia exacta: sé adónde vamos, y qué nos encontraremos; pero no puedo tomar las decisiones por usted, aunque sí puedo anticipar las consecuencias. El futuro no está escrito, nos lo tenemos que labrar.

–Es difícil asumir que tu don sea posible, si no fuera por lo que ya he visto.

–Si en el primer día que nos vimos le hubiera dicho «soy vidente y tengo que acompañarles a una misión muy importante», nunca hubiera aceptado que hiciera el viaje con usted. Es por eso que raramente puedo explicar mis visiones. Además, hacerlo podría alterar el curso del destino, lo que tiende a ser mala idea.

–Comprendo. Supongo que si hay algo que necesite saber, ya me lo contarás a su debido tiempo.

–Así lo haré, don Penlarvo.

Había cosas que podía explicar, ya que yo también formaban parte formaba parte del grupo y de los acontecimientos. Pero había otras que era mejor callar, por ejemplo: no podía decirle a nadie que ese barco donde nos encontrábamos, nunca llegaría a su destino.

V

Llegamos a la primera noche sin sufrir muchas penurias, aunque el aroma de agua salada empezaba a cansarme. Hasta hace una semana, lo más parecido al mar que había visto era el río Verdana; y, cosas de la vida, ahora me estaba empachando de océano. No obstante, nos surgió un pequeño problema cuando Zuri nos confesó «me 'toy meando». Al final nos las apañamos para que nadie se diera cuenta de que era una chica.

El segundo día nos los pasamos aburriéndonos profundamente desde que salió el sol hasta que se puso. Nos distraíamos intentando ver los peces que se escondían en el agua, o contemplando el nuevo horizonte que se abría ante nosotros. Todo era inútil para combatir el aburrimiento, pero por la noche habría varios cambios.

Habían pasado ya tres horas desde el cambio de turno de media noche. No pude pegar ojo ni un ratito; tal vez estaba demasiado nervioso por lo que tenía que suceder, tal vez por miedo a dormirme y no poder avisarlos. Pero llegó el momento y me puse manos a la obra. Así que lo primero que hice fue despertar a Zurinanda.

–¿Qué paxa? –me dijo medio dormida y malhumorada.

–Tienes que abrir la bodega inferior. Necesitaremos un tonel de agua y dos barriles de comida. Despierta a Tharan y que te ayude. Ahora iré a avisar a Halcón y a don Penlarvo.

–¿Cómo sabe' que zé forza' cerrojo'?

–Tú hazlo, y deprisa.

Mientras nuestra amiga ratera se escabullía silenciosamente por las sombras, me fui a buscar a los otros hombres. Mis pisadas a través de la estancia comunal quedaban silenciadas por los variados ronquidos que brotaban de la tripulación y de los hombres de armas que, como Tharan, Zuri y yo, no habían podido costearse un alojamiento mejor. Aunque tampoco eran mucho mejores, sí que eran algo más privados.

Halcón y don Penlarvo parecían bien dormidos cuando entré en su estancia, pero el adalid se despertó cuando apenas había andado un par de pasos.

—¿Qué es lo que sucede? —me preguntó cómo si ya llevará varias horas despierto.

—Tenemos que irnos, y tenemos que hacerlo ahora.

—Estamos en alta mar —mencionó Halcón, que también se había despertado—. No hay lugar donde ir.

—Estamos cerca de una pequeña península que hay al este. Cogeremos uno de los botes grandes, esos que tienen una vela pequeña, y nos pondremos rumbo a tierra. Tharan y Zurinanda ya están cogiendo algo de provisiones de la bodega inferior.

—Sigo sin entender tus prisas, muchacho —me preguntó Halcón.

Responderle acarrearía muchos problemas que teníamos que evitar, pero don Penlarvo comprendió la urgencia.

—Halcón, ve con ellos y ayúdales. —Halcón asintió sin rechistar, cogiendo todas sus pertenencias y saliendo de la habitación—. Hassel, nosotros iremos a preparar esa pequeña balandra —me dijo mientras también se preparaba para partir.

Nuestro navío disponía de cuatro de esos botes, así como de un par de más pequeños y sin velas; creo que los usaban para cuando se acercaban a costas con poco calado y así poder evitar encallar.

—¿Puedes decirme cuántos hombres hay ahí arriba? —me preguntó don Penlarvo.

—Cuatro: el oficial de turno, el timonel y dos marineros más. Están todos charlando en el castillo de popa, junto al timón.

–Sospecho que es de menester evitar sus preguntas; habrá que someterlos. ¿Qué sucederá?

–El barco será atacado pronto, sin posibilidad de victoria.

–Comprendo.

Fuimos sigilosamente hacia la cubierta principal. Seguidamente, don Penlarvo subió a la parte superior del castillo de popa, donde estaba el timón, y, con rápidos movimientos de su montante, acabó con la vida de esos cuatro hombres, aunque a uno tuvo que rematarlo. La escena me sobrecogió, nunca había visto morir a un hombre, y menos de forma tan violenta.

–Hubiesen hallado la muerte en breve, ¿no es así? –Las palabras del adalid, pronunciadas con toda tranquilidad, me sacaron de mi atoramiento, aunque solo tuve fuerzas para asentir con la cabeza.

Volvimos a la cubierta principal. Don Penlarvo me indicó que le ayudase a abrir la lumbrera que daba acceso directo a la bodega inferior, y valiéndonos de las poleas, poder subir los toneles que los otros tres ya tenían listos dentro de una gruesa red. Primero les lanzamos una cuerda atada en un amarradero para que pudiesen subir rápidamente. Seguidamente, les lanzamos el gancho de la polea y empezamos a subir la carga, mientras los demás trepaban por la cuerda. Una vez todos en la cubierta principal, Tharan y don Penlarvo prepararon el bote para lanzarlo al agua; entretanto, los demás estibábamos los toneles.

Con nuestro pequeño navío preparado, empezamos a embarcar. Primero bajaron don Penlarvo y Tharan, por lo que tengo entendido, los dos eran hijos de pescadores y sabían cómo manejar esa embarcación. Luego bajé yo bastante patosamente, nunca he sido un experto trepador y poco me faltó para caer al agua. Y en ese momento apareció un marinero, preguntando a gritos qué estábamos haciendo. Halcón lo noqueó de un puñetazo, y Zuri decidió saltar por la borda, siendo cogida en brazos por don Penlarvo –y es que la chica pesaba muy poco–, y en seguida bajó Halcón. Soltamos los cabos y nos alejamos con cautela, remando mientras desplegábamos la vela.

–¿Por qué no quie'en que 'aia mujere' a bo'do? –Zurinanda fue la primera en romper el silencio.

–Los marineros son muy supersticiosos, y creen que las mujeres atraen a la mala suerte –le respondió Tharan–. Aunque son solo simples supersticiones sin fundamento.

Oímos cómo alguien daba la alarma en el navío, seguramente el marinero noqueado que se habría recuperado. Nosotros seguimos remando, más rápido y más fuerte, haciendo caso omiso del toque de campana.

–¿Qué narices es eso? –El buen ojo de Halcón advirtió una extraña sombra que se aproximaba al buque.

–Mejor retirar los remos y mantenernos en silencio, con solo la vela nos apañaremos –estableció don Penlarvo.

Así lo hicimos, y mientras íbamos avanzando furtivamente hacia la costa más cercana, oímos un ronco rugido que hizo temblar nuestros estómagos. Pasaron un par de minutos eternos antes de volver a oír el rugido. Y el gran buque se detuvo. Divisamos a uno de los marineros asomarse por la borda, intentando averiguar qué sucedía, cuando sus peores pesadillas se hicieron realidad. Un enorme tentáculo lo arrojó violentamente al mar. Y le siguieron otros tentáculos que rodearon al navío, rompiendo su poderoso casco y arrastrándolo hacía el fondo, acompañado por un coro de gritos desesperados mientras la enorme bestia marina rugía, engullendo su presa.

Mientras, nosotros, nos alejábamos en silencio, rumbo hacia nuestro destino.

VI

Durante toda la noche sopló una suave brisa que nos empujaba hacia la costa. Don Penlarvo y yo nos habíamos quedado despiertos para guiar la embarcación, y los demás, una vez consiguieron sobreponerse a la visión del ataque del kraken, aprovecharon para echar una cabezada. Cuando salió el sol, y después de desayunar, Tharan tomó el timón mientras le seguía indicando hacia dónde estaba la tierra.

Durante la mañana no hicimos mucho más que desayunar. Teníamos comida y agua potable más que suficiente, ya que les pareció buena idea coger algunos toneles más. Así que solo tuvimos que preocuparnos de protegernos del sol y del aire salado del mar.

Al medio día, Don Penlarvo volvió a coger el timón, y Halcón se ofreció para relevarme. Era consciente que sin un punto de referencia de poco le serviría su vista, pero era obvio que necesitaba descansar, aunque solo fuera un poco. La verdad es que estábamos lo suficientemente cerca para divisar tierra, pero una bruma nos la ocultaba.

Cuando me desperté a media tarde, comprobé el rumbo: tan solo nos habíamos desviado un pelín. Parecía que nuestro adalid tenía un buen sentido de la orientación, y pronto llegaríamos a tierra.

–Allí hay algo –dijo Halcón señalando hacia el horizonte–. Parece otra barca.

–Son pescadores, se están preparando para desplegar sus redes para esta noche –respondí medio dormido y con voz ronca, seguía estando muy cansado–. Deberíamos ir a su encuentro.

Don Penlarvo viró decidido para poner rumbo al pesquero, mientras que Halcón les hacía señas para que nos advirtieran. Cuando nos vieron, se acercaron para auxiliarnos. Aproveché el lapso de tiempo para despertar a Tharan y a Zuri, contándoles las nuevas noticias.

Los pescadores nos recibieron con cierta perplejidad, obviamente no esperaban encontrar a nadie en esas aguas, y menos aún con vida. Don Penlarvo les explicó que habíamos naufragado en alta mar, que nuestro buque había sido víctima de unos saboteadores y que éramos los únicos supervivientes, más gracias a la suerte que a la pericia. Para más detalles, les contamos que los saboteadores lo habían quemado todo, y que murieron en nuestras manos, llevándonos su bote de escape. No era una buena historia, pero era mejor que decirles que en sus aguas de pesca rondaba un kraken.

Nuestras almas caritativas eran de un pueblo cercano llamado Abrabuey, aunque llamarlo pueblo es ser optimista. Se trataba de una pequeña aldea situada cerca de la riera entre dos montañas, que sobrevivía a duras penas gracias a sus exiguos cultivos, un magro ganado y la escasa pesca. Un pueblecito costero encantador, si te gusta lo cutre. Las endebles casas aguantaban milagrosamente las embestidas del viento, aunque seguro que todas tenían goteras. Ahora que lo pienso, probablemente todas las viviendas del norte de Verdana eran así antes de convertirse en la Marca Norte de Elmarant y nos trajeran la modernidad.

Llegamos a tierra firme cuando ya anochecía. Me había quedado dormido en el bote mientras nos acompañaban hacia la costa, pero volví a despertarme a tiempo. Cuando abandonamos el bote, nuestros rescatadores nos presentaron al alcalde. Nos dejó una pequeña casa —más bien era una choza— que estaba desocupada. Como teníamos comida y agua de sobra, solo nos dieron algo de leña para poder pasar la noche calentitos.

Una vez en nuestro nuevo «hogar», volví a quedarme dormido en una maltrecha silla, y Halcón me tumbó en un camastro que había por allí, para luego unirse a la cena con los demás.

–El zagal ha trasnochado para encauzarnos hacia la costa –dijo don Penlarvo–. Es natural su extenuación.

–Si no fuera por él, estaríamos muertos –apuntó Halcón mientras cogía un poco más de comida–. O en una lenta digestión.

–O atrapa'a en una a'queroza ciuda' –matizó Zurinanda después de terminar su vaso de agua.

–Sabemos poco de Hassel –comentó Tharan después de masticar–. Aunque le debemos la vida.

–Y también desconocemos mucho acerca del lugar donde nos encontramos. Mas seguro que nuestros benefactores albergan todavía mayores cuestiones acerca de nosotros –comentó don Penlarvo–. Parece ser que no han visto forastero alguno desde hace más de un siglo.

–Yo me preguntó por qué suerte hemos dado con este lugar – preguntó Halcón.

–¿Suerte? ¿O su voluntad? –respondió Tharan mirándome mientras dormía.

No obstante, don Penlarvo estaba en lo cierto. Los aldeanos de Abrabuey se habían reunido en la casa del alcalde para debatir sobre nuestra llegada, y lo que significaba para ellos.

–Parecen bravos guerreros, al menos tres de ellos –dijo uno.

–Tenemos que hacer algo. Pronto vendrán a recaudar el Tributo – comentó otro.

–Aunque nos duela, todos sabemos qué les pasa a los que se oponen –expuso un tercero.

–Aunque sea un mal menor, tenemos que negarnos –rogó una mujer.

–Lo que no les demos por las buenas, lo cogerán por las malas y por duplicado –habló otra vez el segundo.

–Enfrentarse a ellos es muy peligroso. Y tampoco sabemos si nos querrán ayudar –anunció otra vez el primero.

–Lo mejor será que nuestros invitados lo vean y decidan. Tampoco se marcharán mañana, necesitan descansar –sentenció el anciano.

Y con esas palabras, el pueblo se fue a dormir, soñando con una nueva esperanza. Y nosotros aprovechamos la noche para recuperar energías, ignorantes a lo que nos deparaba el mañana.

VII

A la mañana siguiente, don Penlarvo, que había sido el primero en levantarse, fue a hablar con las autoridades locales: el alcalde, el alguacil y el sacerdote. Después de volver a dar gracias por su generosidad, y de ofrecerse para pagar su deuda con la aldea, intentó indagar sobre dónde nos encontrábamos. Por lo que pudo averiguar, Abrabuey pertenecía al condado de Lirania y eran seguidores de la Trinidad –según las enseñanzas de los Guardianes, la Trinidad son tres divinidades en una sola, como tres polos opuestos en armonía, o algo así–, lo cual era tranquilizador, porque eso quería decir que no hacían sacrificios a dioses oscuros. La aldea tenía una única salida por tierra, un camino que iba hacia el este y que llevaba a un pueblo llamado Paso del Gelidana, a un día de camino. También pudo confirmar sus sospechas: recibían muy pocas visitas, básicamente los recaudadores y el buhonero; nunca habían visto a nadie de fuera del condado, y desconocían casi tanto del mundo exterior como de su historia local.

El segundo en despertarse fue Halcón. Aprovechó la mañana para hacer un reconocimiento de los alrededores y los caminos circundantes. A simple vista, ya se podía ver que Abrabuey estaba muy aislado: por el oeste con una playa de pequeñas piedras daba paso al océano; y al sur y al norte había dos enormes colinas muy escarpadas. La única salida por tierra era un camino sinuoso, descuidado y poco transitado que transcurría serpenteando entre las colinas más bajas del este.

También pudo averiguar que el pueblo había vivido épocas mejores. Encontró no solo casas derruidas, sino también campos de cultivo y rediles abandonados por las inmediaciones; sin signos de violencia ni rastro de los que alguna vez vivieron allí. Todo apuntaba que, de una manera u otra, el pueblo había ido perdiendo población de forma gradual durante las últimas décadas.

Durante el resto de la mañana fuimos despertándonos los demás. Tharan fue a ganarse la amistad de los lugareños, ayudando a los hombres que había en la playa; su escasa experiencia como pescador sirvió para aliviar algo de trabajo a los aldeanos. Zuri inspeccionó el pueblo y sus gentes, igual como habría hecho en Punta de Eren; por primera vez en la vida se sentía como la rica del lugar. Y yo, por mi parte, ayudé a los granjeros locales dándoles buenos consejos sobre los mejores momentos para sembrar.

Pero todo cambió al llegar el mediodía, cuando tres jinetes uniformados y armados se presentaron en la aldea. En ese momento estábamos hablando con el alcalde y el sacerdote, que fueron a toda prisa a recibir las visitas, mientras que nos aconsejaban que permaneciéramos a un lado.

–Ya sabéis qué tenéis que hacer –ordenó severamente el mayor de los tres a las autoridades locales–. Reunid a todo el pueblo de inmediato.

El sacerdote salió corriendo hacia el campanario para tañer el toque de reunión, mientras los recién llegados exigían hospitalidad en forma de comida y bebida. Pero nuestra presencia no pasó desapercibida.

–¿Quiénes sois, de dónde venís, y qué hacéis aquí? –inquirió el cabecilla.

–Somos meros náufragos que tuvimos la fortuna de hallar esta aldea de buena gente –le respondió tranquilamente don Penlarvo–. Y nuestro propósito no es más que partir hacia nuestro hogar tan pronto como sea factible.

El cabecilla nos observó desconfiado y con aires de superioridad. Claramente, no quería que estuviéramos allí.

–Mejor que no metáis las narices en asuntos que no os conciernen –añadió en forma de amenaza, acariciando la empuñadura de su espada, antes de alejarse y volver con los suyos.

–Pese a que me disgustan sus maneras –nos dijo don Penlarvo–, comprendo su temor. Somos cinco extraños, tres de los cuales estamos armados. –Y es que los tres tiragadianos invariablemente iban acompañados con sus espadas y su arco, aunque no siempre vestían la armadura.

En pocos minutos todo el pueblo se había reunido en la plaza mayor, temeroso, esperando a que el cabecilla hablara:

–Ha llegado el día del Tributo, es vuestro deber satisfacerlo.

Se hizo un silencio tenso e incómodo. Los lugareños miraban con miedo a los tres recaudadores, mientras ellos les devolvían la mirada con ojos amenazantes, y la mano en la empuñadura de su espada.

–Les rogamos, distinguidos exactores, que nos den una moratoria –el alcalde fue quien habló, no por valentía, sino porque era su deber y lo ejercía con el corazón encogido–. El pueblo es pequeño y este tributo…

–¡CALLATE! –le ladró–. Siempre escupís la misma excusa rastrera. Además, ya somos suficientemente generosos al permitiros satisfacerlo una vez al año.

–Pero, por favor…

–Si no es por las buenas, será por las malas –amenazó, haciendo un ademán de desenfundar la espada–. ¡Alguacil! –El pobre hombre se presentó tambaleándose en el medio de la plaza–. Trae el tributo, ahora mismo.

–Lo-lo siento, no-no está listo –respondió temblando de miedo.

–Creo que no te he oído bien –dijo con tono burlón–. Porque si no estuviera listo, tendría que destituirte sumariamente, ¿queda claro?

El alguacil asintió levemente con la cabeza para luego

inspeccionar al gentío allí reunido. Había hombres y mujeres de todas las edades: abuelos, padres, madres, hijos… Su vista se detuvo al ver a un niño de unos ocho años abrazado a su madre.

–¿Alguacil?

El pobre alguacil se acercó al niño, mientras la madre lo agarraba con todas sus fuerzas.

–Po-por favor, de-deberías venir conmigo.

El chiquillo se acurrucaba entre los brazos de su madre. Pero el jefe de los exactores hizo una seña a uno de sus secuaces, que avanzó rápidamente hacía la mujer, desenvainando su espada, amenazándola:

–Vive para tener otro hijo, o muere inútilmente por este.

El pueblo, aterrado e impotente, contemplaba la escena. Si ese era el tributo, y a quien se negase a pagarlo lo ejecutaban, explicaba claramente la despoblación.

–¿No se atreverá a…? –murmuró Halcón.

El sicario levantó su espada, con la intención de hacer caer su filo sobre la cabeza de la madre. Pero, en vez de eso, soltó el arma dejando escapar un grito de dolor cuando una flecha atravesó su brazo.

–No me vengas con lo de respetar la autoridad –susurró Halcón a don Penlarvo–. Ningún ser humano debería formar parte de un tributo, y menos un niño.

–¡Ya sabéis qué pasa cuando alguien se enfrenta a nosotros! –gritó el cabecilla.

Nosotros no sabíamos qué pasaría; pero sí los aldeanos. Aunque nos hicimos la idea cuando desenvainaron sus espadas y avanzaron hacia el atemorizado gentío.

Tharan corrió para detener al caudillo, que era el más cercano, llegando a tiempo para interrumpir su ataque. Mientras, Halcón preparaba una segunda flecha destinada al más lejano, disparándola y atravesándole el oído, fulminándolo al instante.

El caudillo, con su espada larga, parecía torpe y lento ante su contrincante. El escudero bloqueó dos ataques más, dándole la oportunidad de que desistiera; pero no se rendía, y cada vez atacaba con más fuerza. Hasta que Tharan lanzó una estocada al estómago con su espada ancha, rompiéndole la camisa de malla y atravesándolo de par en par.

Entretanto, el herido aprovechó el alboroto para volver a montar en su caballo y huir al galope. Pero Halcón lo vio, y sonrió.

–Me encantan los retos –susurro para sus adentros mientras cogía otra flecha de su carcaj.

El arquero observó cómo jinete y caballo salían corriendo del pueblo. Contempló los árboles, sus copas delataban una suave brisa. Tensó el arco, miró al cielo, y soltó la cuerda. La flecha alzó el vuelo, desviándose ligeramente hacia la izquierda; pero en su zenit rectificó, y empezó a descender en silencio. Y, en el mismo instante que la flecha se esfumó entre la silueta del caballero y caballo, el jinete cayó al suelo como si fuera un saco de piedras.

La gente seguía consternada por lo ocurrido, no terminaban de comprender qué había sucedido. Pero don Penlarvo tenía preguntas, y fue al encuentro del alcalde.

–Ilustrísimo alcalde, tienen un tributo muy extraño en estas tierras –curioseó don Penlarvo.

–Cuando yo nací, ya existía este impuesto. Aunque mi abuelo me había comentado que antes, con el antiguo conde, esto no sucedía. –El alcalde suspiró meditabundo–. Pero los exactores volverán, y en un número mayor.

Tenemos que ir a su encuentro –aconsejó Halcón–. Además, seguro que lo que ocurre en este pueblo también ocurre en todo el condado.

–¿Sabe a qué se debió este nuevo tributo? –preguntó don Penlarvo.

–Lo desconozco. Aunque supongo que lo impuso el nuevo conde, hijo del anterior.

–Entonces, es de menester hacerle una visita, y que esclarezca el porqué –sentenció el adalid.

VIII

Almorzamos ligeramente y cargamos los tres caballos con las provisiones que aún nos quedaban, así como un poco de ropa de abrigo y alguna manta que nos regaló la gente del pueblo. Y acto seguido, nos pusimos en marcha hacia Paso del Gelidana.

El camino era largo, sinuoso y lleno de altibajos en su recorrido a través de las colinas del este de Abrabuey; pero, al menos, era sombreado, lleno de altos árboles con buenas hojas que cobijaban la senda. Y como sabíamos que no llegaríamos a Paso del Gelidana en el mismo día, optamos por acampar cuando empezó a oscurecer. Buscamos algo de leña, encendimos una hoguera, y cenamos un poco.

Durante la cena, Zurinanda me entregó la espada corta que le había comprado.

–Toma, e' de'masia'o pe'a'a para mí –me dijo–. Y al fin de cuenta', e' tuia.

–¿Y cómo te vas a defender?

–Encontré e'ta bonita daga. –Nos mostró una sencilla daga, con toques dorados en su mango y su guarda.

–¿La encontraste? ¿Dónde? –preguntó Tharan, lleno de curiosidad.

–No está bien robar a los muertos –la regañó Halcón.

–Hemo' cogi'o su' caballo', su' vivere' y su dinero –replicó la ratera–. No creo que venga de una daga.

–No hemos cogido su dinero –mencionó Tharan.

–Llo sí –le respondió picaronamente.

–Puesto que has hablado en plural –intervino don Penlarvo–, y que ahora posees monedas de este condado, cuando sea de menester algo de dinero, recurriremos a ti. –El adalid rió socarronamente–.

Además, vista tu aptitud para conseguir fondos, te nombro nuestra tesorera.

La muchacha se sorprendió tanto que se quedó con la boca abierta y con los ojos como platos. Los demás tardamos un momento para comprender lo que había sucedido, y luego reímos a mandíbula batiente. Zurinanda era incapaz de borrar su expresión de asombro, parecía que alucinase, y nos miraba como diciendo «¿de qué narice' reí'? ¡idiota'!», lo que empeoraba la situación y nos tronchábamos aún más; pero ella estaba intentando encajar la responsabilidad que le había caído encima. Una responsabilidad que no podía rehuir, por respeto a don Penlarvo y como prueba autoimpuesta de su valía.

Por la mañana nos pusimos en marcha con los primeros rayos de sol. Don Penlarvo quería llegar antes del mediodía y ni paramos para desayunar, que lo hicimos mientras andábamos. Una vez que dejamos atrás las colinas, el camino se volvió llano y pudimos ir a tan buen ritmo que avistamos Paso del Gelidana hacia media mañana, justo al otro lado de un enorme río.

–Allí hay un embarcadero –advirtió Halcón–. Justo al lado hay una pequeña campana, un farol y un letrero. Dice que si no está el barquero, hay que tocar la campana y encender el farol. También está la tarifa de precios.

Tharan encendió el farol, y don Penlarvo hizo sonar la campana. Mientras tanto, Zurinanda se preparaba para su primera misión como tesorera: pagar al barquero.

–Parece que pasan de nosotros –se quejó Halcón, oteando la otra orilla.

–Por lo tanto, tendremos que esperar –resolvió don Penlarvo.

Y esperamos. Y volvimos a tocar la campana. Y volvimos a esperar. Y pasó casi una hora hasta que atisbamos movimiento en la orilla contraria. Se trataba de una vieja barcaza que se impulsaba a través de una soga que cruzaba todo el ancho del río, lo que era bastante lento. Una vez más, tocó esperar.

–Ustedes no son los exactores –fue el saludo del barquero, un hombre de mediana edad y pelo canoso, para luego amarrar la barcaza y apagar el farol.

–Está usted en lo cierto –respondió don Penlarvo.

–Pero esos son sus caballos.

–Otra vez está usted en lo cierto.

Halcón y Tharan embarcaron acompañando a los caballos. Luego subimos los demás.

–Si ustedes no son los exactores, tendré que cobrarles.

–No se preocupe, abonaremos sus honorarios según lo establecido en el cartel.

Zurinanda se acercó y entregó el importe exacto al barquero, quien, seguidamente, soltó la embarcación.

–Curioso que el chaval más joven sea quien pague. –Cogió el dinero y empujó la barcaza fuera del embarcadero.

–¡Zoy una muje'! –replicó la tesorera enfurecida.

–Tú no eres una mujer. –Tiró de la cuerda, alejando un poco más la embarcación–. Las mujeres tienen curvas. –Volvió a tirar de la cuerda–. Y visten con faldas. –Empezó a andar de arriba abajo, cogiéndose de la cuerda al volver–. Y tienen el pelo largo. –Zuri estaba cada vez más furiosa, aunque poco le importaba al barquero, parecía divertirse.

–Creo que he pillado cómo funciona esto –dijo Tharan–. Si se me permite, podría ayudar y llegaríamos antes.

–Como quieras, muchacho, no me voy a quejar.

Don Penlarvo hizo un gesto de aprobación y el escudero empezó a pasearse al igual que el barquero. Personalmente, lo encontraba muy curioso cuando el barquero (o Tharan) cogía la soga: parecía que él no se moviera y nosotros sí, como si al andar la barcaza se deslizase debajo de sus pies.

–Díganme, señores, ¿por qué tienen los caballos de los exactores? –Parecía que al barquero le gustaba hablar, y estaba lleno de curiosidad.

–Ya no les eran de utilidad –respondió don Penlarvo.

–Supongo que vienen de Abrabuey, ¿cómo llegaron allí? Obviamente, son extranjeros.

–Somos supervivientes de la desdicha de un naufragio.

–¡Y me lo cuenta ahora que estamos en medio del río! –Rio sutilmente–. ¿Qué pasó con los exactores? ¿Se los cargaron? No es que me guste que se lleven niños, incluso les agradezco que hagan algo al respeto; se llevaron a mi hermano mayor cuando yo aún era un mocoso. Pero matarles no soluciona el problema, otros les sustituirán y podría ser peor.

–Ciertamente, a nosotros también nos disgusta ese Tributo. Y nuestro honor nos obliga a reparar tal injusticia con la gente que nos ha acogido tras nuestro infortunio. Tenemos la intención de dialogar con el conde con tal de encontrar una solución a dicha problemática.

–Pues hace tiempo que nadie de Paso del Gelidana lo ha visto. El anterior, su padre, se dejaba ver al menos una vez al año, o eso cuentan. Murió joven, más o menos a sus años, y su esposa regentó el condado hasta que el hijo tuvo edad para gobernar. Pero no le hemos visto el pelo.

–Y fue en esos tiempos cuando se instauró el Tributo.

–Es lo que cuentan los más viejos. Aunque aseguraría que esa ha sido la única decisión que ha tomado. Si no fuera por el Tributo, tendríamos una vida bastante agradable.

El hombre empezaba a mostrar síntomas de fatiga; hablar tanto mientras empujaba por la cuerda le estaba pasando factura. Don Penlarvo se percató y aparcó sus preguntas para más tarde, a pesar de que casi habíamos llegado.

Paso del Gelidana era un pueblo en mejores condiciones que Abrabuey. Ya de entrada parecía más grande y más poblado que la aldea costera. Sus casas, que se extendían a lo largo de un camino situado cerca del río, parecían mejor construidas y conservadas. A sus alrededores se encontraban distintos campos de cultivo, así como varios pastos para los animales. Simplemente, era un lugar más confortable, incluso tenían un molino situado cerca del embarcadero.

–Deberían hablar con el alcalde. Ahora estará en su campo, ese de allí. –Señaló un terreno cercano–. Y disculpen la tardanza, no les esperaba. Además de ser el barquero, también soy el molinero, y no oí la campana.

Nos despedimos y fuimos a buscar al alcalde. La gente del pueblo nos miraba con una mezcla de interés y temor, mientras se preguntaban quiénes éramos y de dónde habíamos salido.

Encontramos el alcalde donde nos indicaron, arando su parcela de tierra con la ayuda de una mula. Conversamos con él, pero poco más pudimos averiguar.

–Si seguís el camino hacia el este llegareis a Cuatro Caminos. Allí vive el barón Bintar, señor de la Ribera del Gelidana, tal vez él pueda deciros algo más. Se supone que es nuestro protector, pero no hay mucho de que protegernos, y con el tiempo se ha ido volviendo vago y gordo. De lo único que se preocupa es de seguir cobrando los impuestos, incluyendo el Tributo.

Luego le pedimos un lugar para descansar, necesitábamos

recuperar fuerzas. Pero antes de irnos, nos volvió a hablar.

–Un par de cosas más. No se ven muchos extranjeros por estas tierras, y dudo mucho que el barón os reciba con alegría. Y un favor os pido: hace dos años se llevaron a mi hija pequeña, me conformo que me digáis qué le ha pasado; aunque seguro que todo el pueblo os hará peticiones semejantes.

Le dimos las gracias, asegurando que haríamos todo lo posible por los pequeños. Aunque el alcalde tenía razón, se acercaban problemas importantes, y así se lo hice saber al grupo.

IX

Nos despertamos temprano como siempre, a don Penlarvo le gustaba aprovechar el día; aunque pudimos dormir bien a gusto, la posada disponía de buenas camas. Después de desayunar y abonar los honorarios, nos pusimos en marcha al encuentro del barón.

El camino se encontraba en mejores condiciones que el de Abrabuey, y era bastante más llano, aunque era ligeramente cuesta arriba. Los grandes árboles que poblaban ese condado seguían presentes, y su sombra nos cobijó desde que dejamos atrás los campos de cultivo de Paso del Gelidana hasta el mediodía, cuando llegamos a los cultivos de Cuatro Caminos.

Cuatro Caminos era el primer pueblo amurallado que encontrábamos. Tal y como hace intuir su nombre, tiene cuatro entradas protegidas por sus correspondientes barbacanas. Y allí estábamos nosotros, delante de la puerta oeste, con dos guardias observándonos, ataviados con su cota de malla, y su casco y su tabardo a juego con la alabarda. Como era de esperar, nos negaron el paso.

–¡Alto en nombre del barón de Gelidana! ¿Quiénes sois y cuáles son vuestras intenciones?

–Somos unos náufragos que por fortuna hallamos estas tierras. Y nuestras intenciones son presentar nuestros respetos al distinguido barón –respondió diplomáticamente don Penlarvo.

–¿Y de dónde sois?

–Nuestro navío zarpó desde Punta de Eren, hace ya una semana.

Uno de los guardias entró en la barbacana, y salió poco después para decirnos que esperásemos. Y esperamos –por suerte, no tanto como cuando queríamos cruzar el río hasta que llegó el que parecía el capitán de la guardia. Nos hizo las mismas preguntas, y le dimos las mismas respuestas, pero añadió una cosa más:

–El barón os concederá una audiencia hoy a media tarde. No faltéis.

O sea, que tuvimos que volver a esperar.

Ocupamos nuestro tiempo, además de almorzando, visitando el pueblo. Era pequeño en lo referente a población, pero disponía de todos los servicios más importantes: alfarero, herrero, ebanista y sastre, entre otros muchos. Además, también había campesinos y ganaderos. Parecía que todos vivían dentro de las murallas y que salían a las afueras a trabajar hasta el toque de recoger perdidos, el último del día y que advertía del cierre de las barbacanas. No obstante, no había ni rastro ni mención sobre los exactores; tampoco preguntamos, los lugareños parecían algo molestos con nuestra presencia. Así que, cuando fue el momento, nos dirigimos a ver al barón.

Dentro de la muralla interior se encontraba la torre del homenaje, que también protegía a los establos nobles y el almacén principal, entre otros edificios pertenecientes al castillo. Nos acompañaron hasta el primer piso, y luego nos obligaron a dejar las armas antes de entrar. Don Penlarvo accedió, nos dijo que era algo habitual y que debíamos respetar sus costumbres. Así que todos los hombres dejamos las armas.

El barón, un hombre regordete, calvo y entrado en años, se encontraba sentado en un sencillo trono de madera al otro lado de la estancia. A su izquierda, sentado en una silla a juego, se encontraba el sacerdote supremo de la baronía, vestido con una extraña túnica y sombrero de tres puntas, que junto a su barba gris y el cetro que lucía en su mano derecha, le otorgaba la apariencia de un viejo excéntrico. Al otro lado del barón se hallaba de pie el capitán de la guardia, con su cota de malla larga, su tabardo y su espada larga. Además, en cada esquina había un guardia ataviado igual que los de la entrada. Y nosotros en el medio, desarmados; pero don Penlarvo estaba tranquilo, como si no viera ningún peligro.

–Buenas tardes tengan, distinguidos extranjeros –dijo el barón–. Mis hombres ya me han puesto al corriente de sus problemas. ¿Quieren que les conceda algún tipo de ayuda para volver a su hogar? ¿O prefieren quedarse a vivir en mis tierras?

–Nuestros deseos nos inclinan hacia el regreso a nuestra patria – respondió don Penlarvo–. Agradeceríamos cualquier tipo de ayuda que nos puedan prestar, la cual devolveríamos de la forma que vos nos pidáis.

–Por desgracia, nuestros recursos son escasos. Poca ayuda os podemos ofrecer más allá de indicaros el camino hacia el sur.

–Eso sería suficiente, señor. Mas antes de partir hacia nuestro hogar, tenemos una deuda con la gente que nos salvó de la mar. Y para saldar esa deuda, debería hablar con el conde en persona.

–¿Qué le quiere preguntar? –El barón empezaba a ponerse nervioso.

–Debería esclarecernos el asunto del Tributo, el rapto de niños.

Se hizo un silencio incómodo, se palpaba la tensión en la sala.

–¡Eso no es asunto suyo! –nos dijo a modo de amenaza.

–Es mi deber y mi honor cuidar de aquellos que me cuidan –alegó don Penlarvo con aplomo y sosiego–. Es asunto mío –sentenció finalmente.

El barón enrojeció de cólera. Nunca le habían tratado de esa manera, todo el mundo le temía, y nadie se le oponía.

–¡Guardias! Apresadlos.

–Recapacite, señor, o nos veremos forzados a defendernos – objetó el adalid.

–¿Cómo? ¿Sin armas? –se burló el capitán mientras indicaba a sus hombres que avanzaran–. No me hagas reír.

Don Penlarvo extendió su brazo, con la mano abierta hacia arriba, y su montante, que se había quedado fuera de la habitación, apareció mágicamente en su mano.

Los guardias nos rodearon, amenazándonos con sus alabardas, pero nadie de nosotros estaba dispuesto a rendirse.

–Tharan, abre la puerta –ordenó don Penlarvo, con la espada dirigida a dos guardias, conteniéndolos –. Nos vamos.

Los otros dos guardias intentaron cortarle el paso; pero Halcón, con un rápido movimiento, cogió la alabarda de uno, tirando de él, y le atizó un gancho ascendente en la mandíbula, haciéndole saltar el casco y noqueándolo.

El escudero aprovechó la distracción para correr hacia la puerta, pero el otro guardia lo persiguió, queriendo golpearle con la alabarda, pero Zurinanda desenfundó su daga, e impulsándose con una ágil zancada, la clavó en el trasero del guardia. Y Tharan consiguió abrir la puerta.

Mientras, los otros dos guardias que separaban a don Penlarvo del barón, habían decidido pasar a la acción. No eran rivales para el experimentado adalid que, con un grácil movimiento, apartó sus alabardas y golpeó a uno en la cabeza, hendiéndole el casco, causándole una fea herida en la cara.

Pero nadie se había percatado de que el estrambótico sacerdote estaba de pie, y nos apuntaba con su cetro.

–¡Seréis castigados!

Un rayo grisáceo atravesó la sala, impactando contra Zurinanda. Se desplomó, parecía muerta. Tharan se giró, agarró una de las alabardas, y la lanzó hacia el viejo; pero ésta se detuvo en el aire, cayendo inofensivamente.

–¡Vámonos! –gritó don Penlarvo.

Salimos corriendo por la puerta, Halcón la cerró y la atrancó con la alabarda que había cogido. Recuperamos nuestras pertenencias y salimos tan rápido como pudimos. Nadie nos frenó, llegamos a los caballos, yo monté con Tharan, y huimos al galope para escondernos en el bosque. Tal vez no nos seguirían.

–Lo siento –dije apenado–. Sabía que las cosas irían mal, pero no me imaginaba que tanto.

–Serénate, joven Hassel –me alentó don Penlarvo–. Zurinanda sigue viva.

–Se trata de un tipo de hechizo que te deja inconsciente –apuntó Halcón–. Pero si no hubiéramos salido al momento, hubiéramos caído uno detrás de otro. Incluso intentarla recoger hubiera sido nuestra perdición.

–Iremos a rescatarla, ¿verdad? –preguntó Tharan.

–Por supuesto, pero precisamos de ayuda. –Don Penlarvo me puso una mano en el hombro y me miró fijamente–. ¿Sabrías hallar a alguien versado en las artes místicas y que quiera ayudarnos? Alguien parecido al anciano extravagante, por ejemplo.

En esos momentos estaba muy confuso. ¡Soy vidente! ¡Se supone que tenía que haber predicho lo que había sucedido! Tal vez fue por un exceso de confianza, tal vez era el caos. La videncia no es una ciencia exacta, cuando hay azar por el medio, o cuando se toman muchas decisiones importantes en poco tiempo, soy incapaz de ver con claridad. Solo deseaba que Zurinanda estuviera bien. Pero tenía que hacer de tripas corazón, y seguir adelante.

–Sí, puedo encontrar a alguien.

X

Nos escondimos en el interior del bosque, fuera de la vista de cualquiera, para poder descansar y reorganizarnos. Cavamos un hoyo donde encendimos un pequeño fuego, lo suficiente para romper el frío y que no se viera de lejos, también nos sirvió para cocinar la cena, aunque no teníamos mucha hambre.

Después de cenar, casi por obligación, lo primero que hice fue ver en qué estado se hallaba nuestra tesorera. La habían llevado al calabozo, un lugar húmedo y sucio. A pesar de eso, se encontraba bien. Una vez tranquilo, me centré en mi tarea.

De una manera u otra, siempre había sido consciente de que nos faltaba un sexto miembro. Antes de irme de aventuras, indagué para saber si volvería sano y salvo a mi tierra, un tema crucial para mí. También me interesé en saber a quién conocería durante mi viaje y me acompañaría en mis hazañas, así supe de los tiragadianos y de Zuri. Pero siempre había algo que no me cuadraba, y es que tenía una extraña sensación de que me dejaba algo, faltaba alguien. Pero no le di importancia, creía que ese alguien se nos uniría en Lirania en vez de durante el camino hacia allí. Pero no era así.

—Ya sé dónde podemos encontrar la ayuda —informé—. Pero está algo lejos, fuera del condado.

—¿A qué distancia? —inquirió don Penlarvo.

—Es difícil de precisar, más o menos a una semana de viaje por el camino del sur y luego al este. El problema es que no encontraremos pueblo alguno hasta el quinto día de viaje.

—No disponemos de tantos víveres —se lamentó el adalid.

—Una semanas a pie, ¿verdad? —preguntó Halcón.

Asentí.

—Entonces, id Penlarvo y tú con dos caballos. Tardaréis la mitad si combináis paso y trote; aún nos queda para un viaje así. Tharan y yo podemos sobrevivir aquí, cazando si hace falta. Y os recomiendo que aprovechéis la oscuridad de la noche para salir del condado.

–Me parece acertado; mas prefiero que visitéis Paso del Gelidana de vez en cuando, para mantenernos informados y controlar que el barón no se propase.

Así lo acordamos. Halcón y Tharan se quedarían para vigilar al barón, y nosotros partimos esa misma noche.

Rodeamos Cuatro Caminos, eludiendo su vigilancia, para luego seguir el camino sur. En un par de horas llegamos a nuestro primer contratiempo, un puesto fronterizo. Se trataba de una pequeña torre que vigilaba un viejo puente de madera que atravesaba el Gelidana, de menor envergadura en ese punto. También había una verja que cortaba el camino.

–Hassel, abre el paso. Yo aguardaré por si alguien sale de la torre.

Silenciosamente, bajamos de los caballos y nos acercamos a la verja. La verdad es que no éramos muy silenciosos, pero el río bajaba lleno debido al deshielo en las montañas, y su ruido ocultaba el nuestro. Fue fácil, sin problema alguno. Abrí la verja, la cerré cuando pasamos, y cruzamos el puente siguiendo nuestro camino, dejando atrás Lirania mientras don Penlarvo despotricaba educadamente sobre la inutilidad de esos guardias.

El segundo contratiempo llegó a la media hora, se trataba del desfiladero del Despeñacabras. Era el único paso a través de las montañas, un lugar angosto, oscuro y traicionero.

–Mejor que acampemos antes de adentrarnos. Será menos peligroso bajo la luz del sol –decidió don Penlarvo.

Preparamos una pequeña hoguera, suficiente para ahuyentar a las bestias, y medio dormimos hasta ver la primera luz del alba. Nos levantamos, comimos brevemente y continuamos con nuestro camino, entrando en el desfiladero.

Las paredes de roca que cercaban el Despeñacabras eran tan altas que todavía ocultaban el sol, pero había un mínimo de claridad que nos permitía avanzar con firmeza. El camino estaba indiscutiblemente abandonado, probablemente hacía años, incluso décadas, que nadie lo usaba; estaba lleno de piedras y rocas esparcidas por doquier, claros indicios de los desprendimientos que ocurrían en esas escarpadas paredes. Los caballos avanzaron con dificultad, tenían que evitar lastimarse las patas y asegurar cada zancada. Pero eso no era lo peor, al poco de entrar en el desfiladero nos asaltó una incómoda sensación de ser observados.

–Apremiemos el paso –ordenó don Penlarvo con un susurro–. Parece tierra de trasgos.

Sin vacilación alguna, espoleamos suavemente nuestras monturas, que también percibían el peligro del lugar. Fue un trayecto duro y agotador, nunca había sido un buen jinete, lo suficiente para montar y dirigir algún caballo de campo, y la tensión de dominar al animal, de sentir el peligro acechante, y la dificultad de mantener el control de la situación, me extenuaban. Incluso don Penlarvo parecía cansado, y al salir del Despeñacabras, descansamos en el primer claro que encontramos.

Los trasgos son seres peligrosos, solo conocen la violencia, aunque tienen suficiente inteligencia para usar armas simples como arcos y hachas, incluso a veces se las fabrican ellos mismos. Las leyendas dicen que son el resultado de algún macabro experimento de los Antiguos, que corrompieron a un grupo de humanos hasta convertirlos en seres letales y sacrificables con tal de que luchasen en sus disputas territoriales. Simples peones a manos de desalmados. Sin embargo, no siento ninguna lástima hacia los trasgos. Por lo que se sabe, después de que los Antiguos perdieran su control, viven en diminutas tribus que subsisten con la caza, recolección y saqueo de los alrededores. Estos seres eran los enemigos contra los que anteriormente luchaban los paladines de Tiragad, mientras que Elmarant creaba las marcas, zonas de exclusión de dichas bestias. El porqué de que no nos atacaron cuando atravesamos el desfiladero no lo sé y ni me interesa, aunque don Penlarvo dijo que no éramos objetivos viables.

Por la tarde continuamos tranquilamente el viaje hasta llegar al primer cruce, donde tomamos el desvío hacia al este. Los caminos seguían abandonados, llenos de plantas y socavones; teníamos que ir con cuidado.

Al día siguiente, a media mañana, llegamos a una pequeña aldea protegida con una tosca empalizada. Nos recibieron con curiosidad y algo de miedo, éramos las primeras personas que veían llegar por el camino prohibido. Les explicamos que fueron causas mayores las que nos obligaron a tomarlo, y que era mejor que siguiera prohibido. Nos ganamos la suficiente confianza para que nos dejaran descansar a los cuatro, jinetes y caballos, hasta llegada la tarde, cuando volvimos a tomar el camino. Teníamos prisa, cada día de viaje era un día más de cautiverio para Zurinanda y de clandestinidad para Halcón y Tharan.

Al anochecer llegamos al siguiente pueblo, nuestro objetivo, habíamos logrado ir más rápido de lo previsto, pero estábamos exhaustos y los caballos estaban al borde del infarto. Se trataba de otra aldea, sensiblemente mayor que la anterior, rodeada por una empalizada mejor trabajada. Los guardias casi nos obligan a quedarnos fuera porque ya habían cerrado la estacada, argumentando que había demasiados trasgos en esa zona y era peligroso hacer excepciones; pero pudimos convencerlos de que nos dejaran entrar.

–¿Es aquí? –me preguntó don Penlarvo.

–Sí, está allí, en esa taberna.

–¿Una taberna? ¿No será un borracho?

–No sabré quién es exactamente hasta que no lo vea con mis propios ojos; suele sucederme con la gente mística. Pero estoy seguro que sea quien sea, está allí dentro, nos ayudará, y tiene un gran poder.

–Los gritos y ruidos de esa taberna se dejan oír por todo el pueblo –exclamó el adalid–. Confío en ti y tu don, hasta ahora no ha errado. –Suspiró cansado, y entramos en el local.

XI

Esa taberna de pueblo me recordaba a la que visitamos en Punta de Eren, en donde conocimos a Zurinanda, salvando las distancias de tamaño y gentío. Aun así, estaba igual de abarrotada, y el ruido era el mismo. Parecía que estaban celebrando algo, oíamos cantitos –si a eso se le puede llamar cantar–, gritos de júbilo y otras muchas más muestras de alegría. Todos procedían de la parroquia local, que era muy variopinta y de todas las edades y sexos. Podías encontrar hombres armados y sucios –soldados o mercenarios que volvían de algún lugar–, lugareños que habían regresado de sus labores de campo y se unían a la fiesta, incluso se podía encontrar alguna «mujer de escasa virtud» como diría nuestro adalid –para él lo es cualquiera que descuide el más escrupuloso recato, aunque solo sea una pizca–. A pesar de la juerga, el tabernero y su ayudante eran diligentes, conscientes de que hoy harían un buen cajón con toda la fiesta, y acudieron a atendernos nada más entrar.

–¿Qué desean, señores?

–Por ahora, un lugar para sosegar nuestro cansancio, y una muestra de la bebida y comida local.

–Ahora mismo, señor.

El camarero nos acompañó a una mesa medianamente limpia, y apartó a un par de clientes medio borrachos para que pudiéramos acomodarnos.

–¿A qué es debido este jolgorio? –inquirió don Penlarvo.

–Ha vuelto la expedición que fue a dar caza al rey trasgo.

–¿Un rey trasgo? –se me escapó. Nunca me había imaginado que los trasgos pudieran llegar a tener un rey.

–A veces se organizan demasiado, sobre todo si se les presiona excesivamente –me respondió mi adalid. Entretanto, el tabernero fue a buscar nuestro pedido.

–Entonces… Lo de Elmarant y las marcas… –No pude evitar pensar en mi tierra y las maniobras de limpieza.

–Sí, puede llegar a ser peligroso. Esperemos que el senado y las marquesas sepan actuar acorde a la amenaza.

Don Penlarvo oteó la gente allí reunida, intentando adivinar quién sería la persona que buscábamos

–¿Seguro que está aquí?

–Sí, seguro. Al entrar he notado su presencia, por decirlo de alguna manera.

–¿Y tiene tanto poder?

–Sí, sí.

Normal que dudase, no había nadie parecido al viejo estrambótico. Todos los maestros del Éter –una energía que fluye libremente y que alguna gente puede manipular– que había conocido don Penlarvo siempre habían sido gente excéntrica entrada en años. El adalid temía que fuera uno de los viejos campesinos borrachos, algún mago caído en desgracia y que se escondía entre esa gente. También aborrecía la posibilidad de que fuera alguna mujer anciana, lo que podría indicar que sería algún tipo de bruja que practicaba las artes místicas en secreto. Por otro lado, aunque no menos tranquilizador, podría ser algún talentoso aprendiz descarriado, pero se trataría de alguien que abandonó su tutor para buscar el poder personal. Sin embargo, la responsabilidad de encontrar a nuestro sexto miembro recaía en mi humilde persona.

Observé la clientela. El grupo de guerreros estaba formado por hombres de diferentes edades, y alguna mujer ataviada como ellos.

–Pensaba que solo en Elmarant había mujeres soldado.

–Cuando la necesidad apremia, se hacen excepciones. Además, muchas mujeres están dotadas para la lid, como la antigua esposa de

Halcón.

–¿Halcón estuvo casado?

–Sí, con la hija de una casa noble. Es la versión femenina de él. –Pues si así era, probablemente llevarían una cornamenta impresionante–. Tienen una hija, es pastada a Halcón, o a Águila, que así es cómo se conoce a su esposa. Cuando Tiragad aceptó las leyes de Elmarant, se divorciaron rápidamente, aunque ya hacía largo tiempo que no se entendían.

Era un detalle interesante, y es que todos tenemos pasado. Pero tenía que ceñirme en mi labor y escudriñar a la gente.

Junto al grupo de guerreros, se encontraban los demás clientes. Campesinos borrachos acompañados por sus mujeres, jóvenes chicos que querían seguir los pasos de los héroes locales, chicas casaderas compitiendo por la atención de los valientes…

–Aquí tienen, señores –el tabernero interrumpió mi concentración, sirviéndonos un estofado casero y cerveza tibia.

–Tenga usted. –Don Penlarvo le entregó una moneda de plata–. A pesar de que no haya sido acuñada en esta región, espero que sirva para cubrir nuestro dispendio.

–Es usted muy generoso, señor. –Sin duda, hoy estaban haciendo negocio, y parecían muy contentos.

Intenté recuperar el hilo de mis pensamientos. ¿Conocéis esa sensación de «lo he visto, pero no recuerdo dónde»? Pues eso era lo que me pasaba. Estaba allí, seguro, segurísimo. Me esforcé al máximo, el local estaba lleno de distracciones, tenía que apartarlas y concentrarme en buscar. Y encontré. Me quedé sin palabras, no era ni por asomo lo que esperaba –de aquí la dificultad para visionar–, y seguro que a don Penlarvo no le haría ninguna gracia. Sin embargo, era quien necesitábamos, lo tenía claro como el agua.

–Ya sé quién es –comuniqué cuando me repuse del sobresalto–.

Allí, en esa esquina, está mirando a los guerreros, sonriendo.

–¿Seguro?

–Segurísimo.

En esa esquina, al lado de la barra y algo apartada del grupo de héroes, se encontraba una bella dama sentada en un taburete alto. Vestía un corto vestido escotado y calzaba unas largas botas.

–Pero… ¡si se le ven las rodillas! –Don Penlarvo siempre ha sido algo conservador–. Parece una meretriz; no alguien versado en las artes místicas.

–Pero es la mejor.

–¿La mejor qué? ¿Meretriz o maga?

Me limité a sonreír, ya que la verdad es que esa maga es el tipo de mujer que todo hombre desea conocer, pero de la que tu madre siempre quiere apartarte.

La estuvimos observando un rato mientras nos comíamos el estofado –aun estando un poco aguado, era delicioso; supongo que sería por el hambre–. Pocos interactuaban con la maga, y parecía que lo prefería así.

–Cuando termines, ve y dile que quiero hablar con ella.

Así lo hice, primero me aseguré de terminar mi estofado, y luego me levanté para hablar con nuestra mística. Estaba muy nervioso, era la mujer más bella que nunca había visto, o la que lucía el escote más precioso; la cuestión es que estaba nervioso, como lo estaría cualquier otro adolescente de mi edad ante tal bellezón. Así que hice acopio de todo mi valor, la miré, y le dije con un hilo de voz:

–Vaya tetas... –Que, obviamente, no era lo que quería decir, ruborizándome al instante.

–Gracias –me respondió con su preciosa sonrisa.

Se quedó mirándome. Yo no sabía qué hacer, tenía ganas de salir corriendo. ¡A quién se le ocurre decirle eso a una mujer! Me sentía incapaz de mirar a sus claros ojos ligeramente rasgados, pero tenía que decirle que don Penlarvo quería hablar con ella. Así que inspiré, y recuperando un poco de mi valentía, volví a hablar:

–Disculpe, señora… pero…

–Mi cara está un poco más arriba –me interrumpió.

¡Tierra, trágame! Me estaba muriendo de vergüenza. Me sentía tan, tan ridículo. Con un último esfuerzo, subí mi mirada desde su escote a su cara sonriente. Parecía contenta; realmente se estaba divirtiendo con mi numerito.

–Tu señor quiere hablar conmigo, ¿es así?

Asentí tímidamente.

–Venga, llévame con él. –Y empezó a reír entre dientes mientras se levantaba. Era una mujer alta, esbelta, con curvas y el pelo largo; es decir, que era todo lo contrario a Zurinanda, sin querer faltarle al respeto.

Me acompañó hasta nuestra mesa, aún sonriendo divertida por mi comportamiento, y se sentó elegantemente delante de don Penlarvo, que nos esperaba con su porte impasible pero educado.

–Gracias por acudir, bella dama. Mi nombre es Herut Penlarvo, y soy un adalid de Tiragad, no sé si conoce esa tierra.

La maga asintió atenta.

–Hemos sabido que sois ducha en el arte de manipular el Éter, ¿es cierto?

–Cierto, supongo que querrá ver mi permiso. –Nos mostró un papel metálico que guardaba en una pequeña cartera de su cinturón–. Como puede comprobar, me llamo Izrileth, aunque todo el mundo me llama Izz. El permiso consta que soy piromante, pero tengo derecho para practicar cualquier otra arte relacionada con los elementos.

Don Penlarvo lo examinó.

–Nunca he oído hablar de la «alta escuela del arte elemental de Cirgaman».

–¿Cuántas escuelas de magia conoce? Hay centenares por todo el mundo y yo vengo de lejos.

–Tenéis razón. Lo importante es que el permiso está en regla. –Yo solo conocía la de Elmarant, y sabía que en Tiragad había otra. Aunque las elmarantinas invitaban a maestros de escuelas muy distantes, lo cual demostraba que las había por todo el mundo–. Aunque me sorprende su juventud, supongo que usted es excepcional.

–Soy de lo mejor que puede encontrar por aquí. ¿Para qué me necesitan?

–Uno de los nuestro cayó preso en manos de nuestro enemigo, que usa poderes místicos a los cuales no podemos enfrentarnos. Necesitamos a alguien con gran poder.

–¿Y el chico? –Me señaló, para mi sorpresa–. Debería ser capaz de plantarle cara.

–Él no sabe manipular el Éter.

–¡Pero si tiene mucho poder! –Lo dijo algo desconcertada, casi tanto como lo estaba yo.

–Sabremos retribuir sus esfuerzos, señorita Izrileth –sentenció don Penlarvo.

La maga se giró para observar al grupo de guerreros y la gente que estaba con ellos celebrando la reciente victoria. Los miró con cierta nostalgia, como si fueran parte del pasado.

–Mi labor aquí ha terminado, y ya han abonado mis honorarios. –Suspiró–. Voy a coger mis cosas y ahora mismo nos podremos ir. Nos encontraremos fuera.

Tenía la esperanza de poder dormir bajo techo y en una cómoda cama, pero Izz hablaba en serio, y a don Penlarvo le gustaba la idea.

XII

Era de noche, demasiado de noche para mi gusto; pero cada vez que se ponía el sol, era otro día de cautividad para Zurinanda, y eso no lo podíamos permitir. Así que preparamos los caballos dispuestos a deshacer el camino, pero cuando nos encontramos a Izz nos dijo totalmente convencida:

–Dejad los caballos aquí, vendedlos. Solo serán un estorbo.

Al principio nos negamos, queríamos llegar cuanto antes mejor, e ir a pie era retrasarnos. Sin embargo, únicamente nos respondió «ya veréis que mi método es mejor», así que obedecimos y malvendimos nuestras monturas a un campesino local.

Luego salimos del pueblo. Los guardias no querían abrir la puerta, eran muy tercos, pero nuestra maga los miró con cara de pocos amigos diciéndoles que era mejor no hacerla enfadar, y obedecieron, aunque solo la abrieron un par de palmos.

Una vez fuera, nos preguntó sobre cómo era el camino que hicimos. Quería que se lo explicásemos con todos los detalles, especialmente el desfiladero del Despeñacabras, y no le gustó nada que hubiera un puesto fronterizo. También insistió sobre dónde exactamente debíamos ir, es decir, dónde estaban exactamente Halcón y Tharan, así que usé mi poder: estaban en la taberna de Paso del Gelidana. Y eso no le gustó nada a don Penlarvo, que remugó algo sobre la actitud del arquero.

Y luego vino lo raro. Izz se arrodilló en medio del camino, poniendo una mano en el suelo, hundiendo los dedos en la tierra, y nos dijo:

–Poned una mano desnuda sobre mi hombro, y no os soltéis, pase lo que pase.

Así lo hicimos. Seguidamente, Izz pronunció musicalmente «*Itro*

Kusora» y vimos pasar todo el camino alrededor nuestro. Viajamos a una velocidad asombrosa: rodeamos el último pueblo en un suspiro, giramos los cruces bruscamente, esquivamos las rocas y piedras del Despeñacabras de manera vertiginosa, hasta que llegamos a la barrera del puesto fronterizo. En menos de diez minutos recorrimos lo que con los caballos habíamos tardado dos días. Y me sentía algo mareado.

–Esta vez los guardias no están holgazaneando –nos advirtió don Penlarvo–. Tal vez debamos luchar.

–No hará falta –respondió Izz con seguridad.

En la torre se veía movimiento y se oía a alguien gritar lo que supusimos que eran órdenes. Pero nuestra maga lo ignoró por completo; saltó la verja para volverse a arrodillarse y hundir otra vez los dedos en la tierra. Nosotros la seguimos y pusimos las manos en sus hombros, mientras veíamos salir al primer guardia.

–¡Alto ahí en nombre del barón!

–*Itro Kusora.*

En un visto y no visto rodeamos Cuatro Caminos y nos plantamos en la plaza mayor de Paso del Gelidana.

–¿Es aquí? –preguntó Izz.

–Sí –respondió asombrado don Penlarvo.

Como era de suponer, nadie esperaba nuestra llegada. La única persona que vimos era un hombre que parecía que había caído de espaldas al vernos llegar. Sin embargo, pronto acudió todo el pueblo alarmado por algún motivo, incluyendo a nuestros amigos, que aparecieron armas en mano.

–¿Pero qué…? ¿Ya estáis aquí? ¡Qué rápido! –Halcón cambió rápidamente su actitud beligerante por la alegría de volver a vernos–. ¿Y supongo que tú debes ser la experta en Éter? –El arquero pronto se fijó en nuestra bella maga, saludándola con una sutil reverencia–.

Mi nombre es Rungad Faral, aunque todo el mundo me conoce como Halcón.

–Encantada –respondió ella algo distante–. Me puedes llamar Izz, y necesito descansar.

–Todos precisamos descansar –añadió don Penlarvo.

–La posada está abierta –sugirió Tharan.

Hicimos caso a su sugerencia, por mi parte tenía ganas de dormir en un cama.

–¿A qué se debe que hayáis salido con tanto fervor? –inquirió don Penlarvo.

–Hemos oído algo parecido a un trueno, y salimos temiéndonos lo peor –respondió Halcón.

–Viajamos a la velocidad del trueno. Al empezar el viaje, y al terminarlo, se escucha el trueno; pero los viajeros no lo oyen, solo quienes los rodean –explicó Izz.

–Entonces, este hechizo no tiene muchas aplicaciones tácticas –observó don Penlarvo.

–Excepto si quieres matarnos del susto –soltó Tharan, un chiste fácil que ayudó a destensar el ambiente.

En la posada aún había habitaciones libres. Izz pidió una para ella sola; los hombres la compartimos, para minimizar gastos. Pero antes de ir a dormir, don Penlarvo quería planificar el día siguiente.

–Estos días hemos aprovechado para aprender algunas cosas sobre las costumbres de la región –expuso Tharan–. Por ejemplo, sabemos que el barón concede audiencias todas las mañanas.

–Es de suponer que dichas audiencias las hará en compañía de su jefe de la guardia y del sacerdote supremo, sin mencionar los guardias –valoró don Penlarvo.

–Los guardias no son problema, incluso dudo que su capitán sea rival para ti –apuntó Halcón–. El problema será el viejo sacerdote.

Aquí es donde entra nuestra nueva y bella amiga.

–¿Un sacerdote? –curioseó Izz–. No creo que sea problema; pero todos los sacerdotes pertenecen a grandes instituciones. Eso sí que sería un problema, a largo plazo, al menos.

–Debemos rehuir la violencia –promulgó don Penlarvo–. Sería conveniente evitar el derramamiento de sangre.

–Además, deberá decirnos dónde está la chica –mencionó Izz.

–Eso no es problema –dije yo–. Está en las mazmorras, sabré encontrarlas.

–Otra dificultad será llegar hasta el barón –opinó don Penlarvo.

–¿De veras crees que alguien nos lo impedirá? –bromeó Halcón–. Toda esa gente aborrece a su señor, y ninguno moverá ni un dedo para salvar su pellejo si con eso arriesgan su propia vida. Tal vez le tengan miedo, pero lo tienen más hacia nosotros. ¿Acaso no te fijaste en sus caras cuando huimos?

–Es cierto, los guardias nos temían y no osaban desafiarnos –afirmó don Penlarvo–. Por lo tanto, podríamos ir de buenas a pedir la libertad de Zurinanda, y que responda a todas nuestras preguntas.

–Solo lo harán por las malas –avisé.

–Rehúso la idea de negarle su rendición –manifestó don Penlarvo.

–Entonces, ve con Izz a pedirle que se rinda –propuso Halcón–. Tharan, Hassel y yo rescataremos a Zuri.

Don Penlarvo aceptó a regañadientes, pero era consciente de que el barón no se rendiría, y no hacía falta ser vidente para darse cuenta. Así que nos fuimos a dormir con el plan en mente, para levantarnos bien temprano con la intención de liberar a nuestra amiga tesorera.

XIII

Dejamos las sutilezas para otro momento y optamos por el escandaloso método de transporte de Izz. Tuvo su gracia ver por el suelo a los dos guardas de la barbacana; los ignoramos y entramos sin mediar palabra con ellos. Los que sí quisieron impedirnos el paso fueron los centinelas de la muralla interior.

–Hemos venido a dialogar con el señor barón –promulgó don Penlarvo–. Espero que seáis conscientes de que no nos es necesaria vuestra aprobación.

Halcón estaba en lo cierto, ninguno de esos soldados estaba dispuesto a ir más allá de insinuar una amenaza. Así que se hicieron a un lado y entramos sin más dificultad en la torre del homenaje. Allí nos separamos: don Penlarvo e Izrileth subirían para visitar al barón, y los demás iríamos a rescatar a Zurinanda.

Halcón, Tharan y yo bajamos a las mazmorras. Eran oscuras, muy oscuras, su única iluminación provenía de una par de antorchas situadas en los extremos de la galería. La mugre recubría todos los rincones, y un hedor nauseabundo inundaba todo ese sótano. Al lado de la entrada se encontraba un seboso carcelero, bastante sorprendido por nuestra visita y apestando igual que el resto de la mazmorra.

–Venimos a rescatar a nuestra compañera –se burló Halcón–. Te damos la oportunidad de colaborar antes de hacerlo por las malas.

–¡GUARDIAS! –gritó el carcelero, intentando cerrar la pesada puerta antes de que pudiéramos entrar; pero Halcón la embistió, y Tharan entró acometiendo con el escudo contra el carcelero.

–Pues por las malas. –Halcón noqueó al carcelero y le cogió las llaves–. ¡Zuri! ¿Dónde te escondes?

–¡No m'e'condo! –dijo una voz algo enfadada surgida del fondo a mano derecha.

–Pronto llegarán los soldados –avisé.

–Vigilaré la entrada –se ofreció Tharan.

Había más celdas en esas mazmorras, con más gente encarcelada. Uno empezó a pedir que también lo liberasen, pronto se le unieron los demás reos creando un disonante coro de peticiones de libertad. Halcón sabía muy bien cuál era la opinión de don Penlarvo sobre ese asunto; pero se limitó a encogerse de hombros, y después de liberar a Zuri, soltó a los demás presos.

–¡Marchaos! Sois libres –exclamó Halcón.

Los otros presos eran una media docena de hombres sucios y mugrientos, afectados por las duras condiciones de vida en las mazmorras. Salieron en tropel, vociferando con alegría su libertad; por poco atropellan a Tharan en su huida.

–¿No se encontrarán con los guardias que se acercan? –preguntó el escudero.

Asentí.

–Será la distracción perfecta para que podamos llegar a tiempo con Penlarvo e Izz –argumentó Halcón.

–¿Zabei' ande e'tá mi daga? –pidió Zuri–. ¿Y quie' e' eza tal Izz?

–La tiene el capitán de la guardia –informé.

–Pero cada cosa a su tiempo –interrumpió Halcón–. Ahora toca reagruparnos.

Obedecimos a Halcón y salimos corriendo. En la entrada principal estaban los presos fugados, luchando contra los guardias; los dejamos a un lado y seguimos escaleras arriba hasta llegar a la sala de recepciones.

Mientras rescatábamos a Zurinanda, don Penlarvo e Izz se personaban delante del barón. De un modo u otro, el noble esperaba la visita ya que no le sorprendió volver a ver al adalid, ni tampoco que fuera acompañado por alguien más; aunque todo seguía igual, con el sacerdote y su cetro a su izquierda, el capitán de la guardia a su derecha, y un guardia en cada esquina. Don Penlarvo, con la espada enfundada, e Izrileth se situaron en el centro de la sala.

–Barón Bintar, señor y protector de la ribera del Gelidana, es evidente que nuestras relaciones se iniciaron con mal pie –expuso don Penlarvo–. Es nuestro bienintencionado deseo reemprenderlas para poder llegar a un entendimiento. Como muestra de mi buen hacer, solo he venido acompañado por una sola persona desarmada. También agradeceríamos como gesto de buena voluntad que liberase a nuestra compañera.

–Ni lo sueñes, extranjero –respondió el barón–. Sabes muy bien que has cometido un crimen contra este condado y mi baronía; debes pagarlo. ¡Guardias! Apresadlos –ordenó señalando con aires de suficiencia a nuestros compañeros.

Izz estaba observando el salón, parecía que buscase algo escondido, sin prestar mucha atención a la conversación, como si no fuera con ella. Pero cuando los guardias avanzaron con las alabardas en ristre, les dedicó una mirada asesina y les amenazó:

–No hagáis nada que luego seguro que lamentareis.

Los guardias dudaron, sabían que el adalid era muy diestro con su espada, y desconocía por completo las aptitudes de esa bella y extraña mujer. Sin embargo, fueron interrumpidos por un sirviente que entró corriendo como alma que lleva el diablo.

–¡Señor! Hay un motín en las mazmorras.

El barón hizo un ademán a su capitán para que fuera a ver qué sucedía, y salió inmediatamente de la sala, acompañando al sirviente.

–Seguro que esto es cosa vuestra –insinuó el barón.

–Solamente queríamos darle la ocasión de enmendar su error –se defendió don Penlarvo–. Aunque éramos conscientes de que no entraría en razón.

–Grave error, extranjero. Y ahora pagarás por ello.

Estaba claro que los guardias no las tenían todas. Se mantenían alejados, inmóviles, incapaces de cumplir con su deber. No obstante, el sacerdote fue más valiente –o más inconsciente–, y se levantó apuntando a la maga con su cetro, que lo miraba de reojo.

–¡Arrepentíos!

Y con esas palabras, el rayo grisáceo surcó el aire hasta alcanzar a Izz. Pero este se desvaneció al impactarle.

–Bonito juguete –se mofó la maga sonriente–. ¿Es lo mejor que puedes hacer?

El sacerdote la miró con desprecio, ocultado su sorpresa y su frustración; nunca antes le había fallado su cetro. Izz le aguantaba la mirada, desafiándolo, esperando el siguiente movimiento de ese viejo. Mientras, el miedo iba apoderándose de los corazones de los guardias, y la rabia removía las entrañas del barón. Durante esos instantes, todo se quedó congelado, parado, a la expectativa de que alguien hiciera el siguiente paso; hasta que el sacerdote volvió a atacar.

–¡Maldita zorra! Recibe tu castigo. –Una vez más, disparó su cetro; y una vez más, fue inútil.

–¿Por qué siempre que un hombre quiere insultar a una mujer le llama puta? ¿Será por qué fue el trabajo de su madre? –Izz levantó su mano derecha, mostrando dos dedos envueltos en fuego–. *¡Speinla Ignila!* –gritó extendiendo su brazo hacia el sacerdote, y de sus dedos brotó una enorme llamarada que impactó contra el pecho de su rival, derribándolo al instante.

El barón, lleno de rabia, temblaba de miedo, sobrecogido por la pérdida de su fiel sacerdote, y asustado por la derrota inminente. Y sus soldados horrorizados se negaban a cumplir su deber, temiendo el mismo destino.

–Ríndase, don Bintar –le exigió don Penlarvo–. No es nuestra intención dejar estas tierras sin su señor.

El barón lo miraba receloso, desconfiado, encolerizado en extremo, incapaz de comprender cómo un extranjero podía oponerse a su poder, al poder de la baronía del Gelidana. Nervioso, empezó a acariciar el amuleto que colgaba de su cuello.

–Lo pagarás en su debido día –escupió como si fuera veneno.

Pero Izz advirtió la intención del barón. Sus dedos volvieron a envolverse en llamas y disparó.

–¡*Speinla Ignila*!

Y el respaldo del trono estalló, esparciendo trozos de maderas chamuscados. No había sido suficientemente rápida, el barón había desaparecido.

–¡Mierda! Se ha teletransportado –lamentó Izz–. Debería haberlo previsto.

–¿A dónde habrá ido?

–Ni idea, pero creo que bastante lejos.

–Ahora tenemos que ir al encuentro de nuestros compañeros. –Don Penlarvo era consciente de que lo principal era rescatar a Zurinanda, pero antes se dirigió a los guardias–. Vosotros ya no tenéis señor, el cual ha demostrado ser un cobarde. Espero que obréis con honor.

Y con esas palabras, el adalid y la maga abandonaron el salón para salir a nuestro encuentro, lo cual fue de mucha ayuda; habíamos topado con el capitán de la guardia, que conseguía mantenernos a raya. Tharan estaba luchando con él en las escaleras, su escudo detenía los golpes, pero su espada no acertaba; y Halcón no disponía de ángulo de tiro, ni hueco para unirse a la batalla, por no hablar de que Zuri o yo mismo no estábamos a la altura de esa lucha. Pero la providencial aparición de don Penlarvo por su retaguardia puso fin a la contienda.

–Tu barón ha huido cual cobarde. Ríndete o muere.

El capitán arrojó su espada.

–E'to e' mío. –Zurinanda se adelantó y recuperó su daga, que no la había perdido de vista durante toda la lucha.

–¿Qué hacemos con él? –preguntó Tharan.

–Yo tengo una pregunta mejor –dijo Izz, apareciendo detrás de don Penlarvo–. ¿Qué vais a hacer con toda la baronía? La acabáis de dejar sin gobierno.

Lo cual ya se había dado cuenta don Penlarvo, y tenía un plan para eso.

XIV

Convocamos a todos los sirvientes y habitantes del castillo en el gran salón. Allí se presentaron desde el senescal hasta el más humilde mozo de cuadra, pasando por los cocineros y ayudantes de cámara. Don Penlarvo les esperaba de pie delante del trono, sin ni siquiera subirse al entarimado que lo sostenía. Halcón estaba a su derecha, también de pie, vigilando por si alguien tenía malas intenciones. Tharan y Zurinanda descansaban apoyados en una de las paredes laterales, comentándose la escena el uno al otro. Izrileth, apoyada en uno de los ventanales, miraba las afueras del castillo, parecía que todo ese lugar le suscitaba mucho interés. Por mi parte, me acomodé en un banco cerca de la puerta; ya sé que era el único que estaba sentado, pero no compartía la misma tensión que mis compañeros, sabía que todo iría bien.

–Como bien sabréis, vuestro barón ha huido durante la contienda –don Penlarvo empezó a hablar serenamente a los asistentes–. Actualmente desconocemos su paradero, pero tampoco es nuestra intención darle caza. Os hemos reunido aquí porque su desaparición crea un vacío de poder, lo cual no era nuestra intención, ni tampoco es nuestro deseo encargarnos de la baronía.

»Por otro lado, nuestra visita se debe a la búsqueda de algunas respuestas que nos ha suscitado nuestra estancia en estas tierras. Si alguien de ustedes tiene luego la bondad de ayudarnos, se lo agradeceríamos de corazón.

El primer punto fue rápidamente resuelto. El senescal se ocuparía de las labores de la baronía, lo que en parte ya lo había estado haciendo hasta ahora. El senescal también nos dijo que respondería a nuestras preguntas, pero que antes prefería poner en orden las tareas, así que lo dejamos para más tarde. Sin embargo, lo que a mí me inquietaba era la actitud de nuestra maga. Así que fui a preguntárselo, deseando que esa conversación fuese mejor que la anterior.

–Discúlpeme, doña Izrileth…

–¡Por favor! No seas tan educado –me respondió riendo–. Solamente Izz.

Tampoco había sido tan mal comienzo. Rectifique y volví a empezar.

–Discúlpeme, Izz, ¿qué hay en este lugar que le despierte tanta curiosidad?

–Lo de tratarme de tú lo dejaremos para otro día. –Sonrió, y cambió de tema–. ¿No lo notas?

–¿El qué?

–No te comprendo. En ti percibo mucho poder, deberías ser sensible a estas cosas.

–¿A qué cosas?

–A las cargas de Éter, las líneas ley, objetos mágicos, lugares hechizados…

–Pues… creo que no.

–Acompáñame esta tarde después de comer a dar una vuelta por este pueblo, y te lo explico.

Acepté, prefería una explicación pausada y tranquila, que una de rápida y con prisas. Además, quién sabe, tal vez Izz podía explicarme algo más sobre mi don.

Al llegar al mediodía, fuimos invitados a comer con el senescal, quien aprovechó para responder las preguntas acerca de qué era eso del Tributo, dónde podríamos encontrar al conde, y qué había pasado con el barón.

–El barón no nació en estas tierras; vino de alguna otra parte del condado con la orden de tomar posesión de esta baronía, todo sancionado por la casa condal. De eso hará unos treinta años aproximadamente, por aquel entonces yo ayudaba a mi padre en sus labores de senescal. El barón era un hombre joven, más o menos de la edad de vuestro escudero, pero lleno de arrogancia, orgullo y soberbia. Impuso su voluntad y su ley a base de amenazas que solía cumplir. Poco a poco, fue llegando más gente mayor que él, que le ayudaron a establecerse, algunos de forma temporal, otros se quedaron. El único que quedaba actualmente de los que se habían establecido era el supremo sacerdote; los demás murieron de viejos.

»Sobre el conde, poco os puedo decir. La última vez que se dejó ver por estas tierras yo aún no había nacido. Por lo que he podido averiguar, ese conde murió joven, debería tener la misma edad que usted, don Penlarvo. Su sucesor, su único hijo, no era más que un bebé en el momento de su muerte, y su madre, la condesa, se convirtió en regente. Ahora se supone que es él el conde, si es que todavía queda alguien de esa familia. Hay quien dice que los mataron y alguien ocupó su lugar; otros aseguran que son simples marionetas de alguna familia corrupta. Sea como sea, el centro de poder de Lirania sigue siendo el castillo del Celador Sempiterno.

»En lo referente al Tributo, es todo un misterio. Nadie sabe por qué existe, ni qué les pasa a los niños que secuestran. Algunos dicen que los preparan para ocupar los sitios de poder, y que el barón podía haber sido uno de esos niños. Otros son más morbosos, y aseguran que los usan para macabros rituales. Cuando algo es tan oscuro, surgen opiniones de toda índole, incluso habladurías sobre el tráfico de esclavos o el canibalismo.

Don Penlarvo parecía bastante satisfecho con las explicaciones del senescal, y su cerebro empezó a trabajar en el siguiente paso. Al terminar la comida, el adalid intercambió unas palabras a solas con la maga, con lo que me tocó esperar, pero al final fuimos a dar la vuelta.

–Disculpa que te haya hecho esperar, pero se supone que solo tenía que ayudaros a rescatar a la muchacha –se disculpó Izz–. De eso quería hablar tu señor.

–¿Te vas a ir? –pregunté apenado.

–Eso depende de lo que encontremos aquí.

Mi don me había fallado algunas veces, para ser más exactos, le había faltado precisión; la captura de Zuri era un claro ejemplo. Por eso dudaba si Izz seguiría con nosotros o no.

–Teóricamente, no es mi señor –le corregí.

–¿Y eso?

–Es una larga historia.

–Entonces, dejémosla para otro momento. Tenemos trabajo.

Salimos por la puerta principal de la torre del homenaje –donde aún había signos de la lucha de los presos que se habían fugado– para llegar al patio de armas. Luego fuimos a uno de las torres defensivas para subirnos a la muralla. Allí estuvimos un largo rato paseándonos de un lado para otro, sin dirección alguna. Siempre me había imaginado que las murallas estaban llenas de soldados vigilando, pero allí estábamos solos, y esa era la primera vez que pisaba una muralla.

–Este castillo está protegido mágicamente –reveló Izz mientras acariciaba las piedras de las almenas–. Lo cual es bastante curioso teniendo en cuenta sus habitantes, que lo mejor que tenían era un viejo sacerdote con un cetro. No quiero decir que no haya fortificaciones humanas con protecciones mágicas, pero escasean, como los verdaderos usuarios del Éter. –Luego miró el pueblo contenido dentro de la muralla exterior–. Y está claro que esa gente no tiene ni idea de magia.

–¿Para qué sirven estas protecciones?

–¿Sabes que es un geomante? Es un mago especializado en los hechizos de tierra. Un simple iniciado podría causar una fisura en una roca. Con un poco más de práctica podría partirla en dos. Un experto podría agrietar toda una muralla y hacerla caer fácilmente. Por suerte, los geomantes no abundan, aunque tampoco abundan los piromantes como yo.

–Entonces, estas protecciones vuelven las murallas inmunes a los geomantes.

–Realmente, no. Aumentan muy considerablemente su resistencia hacia toda la magia, lo cual también afectaría a los hechizos de transporte. Aunque alguien suficientemente poderoso podría superar dichas defensas.

–¿Como tú?

–No... –Sonrió–. Si es humano, debería estar especializado en el asalto a fortalezas, y de estos no he tenido ni noticias.

Izz desvió su mirada hacia las afueras, escrutando los campos que rodeaban Cuatro Caminos. Por mi parte, intenté percibir esas protecciones. Pasé la mano por encima de las piedras, me concentré en ellas, cerrando los ojos, y percibí que tenían algo extraño, como si no quisieran que las tocara.

–Vamos a probar una cosa –me espetó Izz cogiéndome por la cintura, lo cual fue una agradable sorpresa. Seguidamente, recitó musicalmente–: *Zaptro Kusora*.

¡Fue algo increíble! Ya no estábamos en la muralla, sino que nos hallábamos en medio del camino oriental, cerca de la barbacana y con el pueblo a nuestras espaldas. ¡Y en solo un instante!

–Este hechizo me permite desplazarme a cualquier lugar que vea, dentro de unas limitaciones –comentó Izz–. Tal y como me parecía, las protecciones de este castillo están bastante débiles y no afectan el movimiento de dentro a fuera, por eso el barón ha podido huir.

–¿También domina el Éter como tú?

–Lo dudo mucho. Tenía un objeto mágico, un medallón, creo; no lo pude ver bien. El cetro del sacerdote también estaba hechizado, aunque era incapaz de sacarle todo el provecho posible. –Se giró para mirar hacia la entrada, donde había dos asombrados guardias–. Y esa entrada también está protegida. Si esta mañana hubiéramos intentado acceder al pueblo con el hechizo de viaje, hubiera sido bastante doloroso. Ha sido una suerte que Pen haya decidido que nos plantáramos justo delante de la puerta. –Hizo una última ojeada a las piedras del portal–. Mejor que volvamos, andando, eso sí.

Entramos en el pueblo y caminamos por sus calles con tranquilidad. Nunca me había sentido tan observado, pero sabía que no me miraban a mí, aunque fuera uno de los que había expulsado al mal barón. La gente miraba a la hechicera, que poco le importaba que susurrasen a su paso. Algunos la censuraban por su manera de vestir, especialmente las mujeres; otros loaban su belleza, mayormente los hombres; pero todos lo hacían con algo de miedo, porque a sus oídos habían llegado rumores de que esa joven lanzaba fuego por los ojos, y que seguro que era capaz de otras muchas más atrocidades. Aunque Izz permanecía en silencio, sumergida en sus pensamientos, ignorando a la muchedumbre y reflexionando sobre lo que había averiguado esa tarde. En ese momento comprendí por qué estuvo apartada en la celebración de la muerte del rey trasgo.

–Izz, ¿qué te preocupa tanto?

–Murallas hechizadas… cetros mágicos… medallones de transporte… No es algo habitual de encontrar, y menos todo junto.

–Entonces… ¿qué vas a hacer? –Tenía miedo a la respuesta, y se me notaba en la voz.

–Me quedaré, no te preocupes –respondió con aplomo, alegrando mi corazón. Y en su rostro se dibujó una sonrisa pícara–. Si te digo la verdad, esto es lo más emocionante que he visto en años.

XV

Nos volvimos a reunir a la hora de cenar. Don Penlarvo pasó la tarde con el senescal, quien le entregó un mapa de Lirania con todas las poblaciones y los caminos dibujados. Halcón y Tharan echaron una mano en la organización de los soldados, que ahora se sentían desorientados sin su capitán, encerrado en las mazmorras. Zurinanda visitó los negocios locales haciéndose una idea de la gente que residía en ese lugar –aunque todos temimos por la seguridad de las monedas de los pueblerinos, pero supo contenerse–. Por mi parte, acabé la tarde explicando lo de mi don a Izz, a lo cual me respondió «esto se pone cada vez más interesante».

En el comedor nos esperaba el senescal, que quería acompañarnos durante la cena. Daba la sensación de que esa gente respiraba un poco aliviada desde que expulsamos al barón.

–Tengo que deciros dos cosas importantes –dije una vez estuvimos sentados–. Por un lado, mañana por la mañana lloverá y seguirá por la tarde. Por otro lado, el capitán de la guardia se fugará esta noche, le ayudarán unos soldados que se unirán a él.

–Me parece bien –respondió seriamente don Penlarvo–. Era de esperar que algún día lloviese, deberíamos adquirir algunos sobretodos para resguardarnos. Y si el capitán se evade junto a sus hombres más fieles, nos cercioramos de que aquí quedan los soldados más nobles.

Supuse que tenía razón, normalmente la tiene, lo que fue un sentimiento compartido.

–Si mañana llueve, podríamos tomarnos el día libre –sugirió Izz–. Algunos de vosotros necesitáis descansar… y un baño tampoco os iría mal.

Tenía razón, solo Halcón y Tharan habían podido relajarse

mientras nos esperaban. Zurinanda había pasado varios días en una lúgubre mazmorra, y don Penlarvo y yo acabábamos de volver de un pesado viaje.

–Deberíamos procurar no ser una molestia para esta gente, y esclarecer todo este asunto del Tributo –objetó don Penlarvo–. Mas nuestra bella hechicera está en lo cierto; tanto el reposo como el aseo nos ayudarían a reponer nuestras fuerzas.

Así lo hicimos. Ese castillo disponía de dos cámaras para huéspedes, una noble y otra de servicio. Dejamos la noble para las chicas –un momento, ¿don Penlarvo acababa de piropear a Izz?, resultaba curioso ya que siempre se mantenía frío y distante con las mujeres–, mientras nosotros nos acomodamos en la otra, donde pronto todos dormimos plácidamente, ignorantes de lo que sucedía en otro lugar de Lirania. La llegada inesperada del barón destituido hizo enfurecer a su superior, y las nuevas que le contó estaban lejos de calmarle. Fue cuando alguien a quien el barón le debía obediencia y temía, decidió tomar cartas en el asunto, personalmente.

Me levanté tarde, me avergüenza reconocer que fui el último en despertar, pero acarreaba mucho sueño acumulado. Una vez vestido y medio aseado, fui al comedor auxiliar, donde me encontré a Tharan terminando de desayunar. Me comentó que si tenía hambre, se lo dijera a los cocineros y que me harían algo; y que al terminar de comer, fuera al patio de armas a encontrarme con Halcón y él, que me enseñarían a luchar.

También me comentó que don Penlarvo había salido con Zurinanda, nuestra tesorera, para comprar algo más de equipamiento, especialmente lo que nos sirviera para soportar las inclemencias del tiempo. Asimismo, Izz se encontraba en el archivo de la baronía, recopilando información sobre esa tierra, y que luego tenía la intención de visitar la capilla donde había trabajado el sumo sacerdote, de la que ahora se encargaba su segundo. Más tarde me enteré de que la maga y la tesorera habían discutido, porque la primera le había ordenado a la segunda que consiguiera ropa limpia y se bañase antes del almuerzo.

A media mañana, mientras Halcón y Tharan me adiestraban en cómo asir correctamente mi arma, empezó a llover. Nos resguardamos debajo del cobertizo de las caballerizas, donde aún disponíamos de espacio suficiente para seguir con las clases tan necesarias para mí. Ignoraba por completo cómo manejar mi espada corta, aunque sabía cómo usar un hacha, pero para cortar madera. Me instruyeron en cómo sujetar bien el arma para que se convirtiera en una extensión de mi cuerpo, en cómo pinchar al adversario, y evitar y desviar sus ataques.

Se acercaba el mediodía y cada vez llovía más. Estaba cansado, sudado y con el brazo dolorido, pero creo que había aprendido algo. Estábamos tomándonos un descanso cuando vimos a Izz cruzar el patio de armas para entrar en la capilla.

–¿Sabéis una cosa, chicos? –dijo Halcón–. Juraría que la he visto en alguna otra parte, pero hace mucho tiempo.

–Se parece a tu ex mujer, aunque Izrileth es rubia y con ojos azules –le contestó Tharan.

–Sí, pero no es eso –replicó Halcón–. La he visto en algún otro sitio, pero no sé dónde. Nunca me olvido de una mujer bonita.

–Entonces… ¿Todas las que no recuerdas son feas? –bromeó Tharan–. ¿Como esa paladín elmarantina que casi…?

–¡Cállate! No me lo recuerdes –interrumpió Halcón–. Hassel, ¿podrías averiguar de qué la conozco?

–Sin un punto de referencia, tendría que visionar toda tu vida hasta ahora, lo que me llevaría varios años –le respondí, aunque estaba convencido de que nunca la había visto en su vida, y que se confundía debido a la semejanza con su ex mujer.

–Lástima… Pero ya lo recordaré, seguro –razonó Halcón.

–Eso me recuerda a esa joven viuda tiragadiana que quería hacerte recobrar la memoria por las malas –añadió Tharan riéndose.

–¡Pero quieres callarte! –le riñó Halcón.

Tharan siguió con lo de «eso me recuerda a esa joven que…» un par de veces más, sulfurando al arquero que, todo sea dicho, tampoco lo consideraba una falta de respeto, sino más bien como un halago a su vida amorosa, que tampoco hacía falta que se hiciera pública. Fue realmente divertido, al menos para mí, me resultaba imposible contener la risa.

Entretanto, don Penlarvo y Zurinanda regresaban de hacer los encargos. Después de unos breves saludos, el adalid nos dijo:

–Lo tendrán todo listo mañana por la mañana. Lo recogeremos y proseguiremos con nuestra tarea. Ahora iremos a almorzar y planearemos el viaje. Notificadlo a Izrileth.

Fuimos a avisar a la maga, que estaba leyendo unos libros bajo la atenta mirada del segundo sacerdote no sé si la vigilaba, o la desnudaba con los ojos–. La maga nos comentó que fuéramos pasando, que vendría en seguida. Así que nos fuimos a comer, e Izz llegó cuando estábamos terminando, pidiendo disculpas, pero igualmente se ganó un reproche de don Penlarvo. Aun así, tenía curiosidad por sus investigaciones.

–Decidnos, Izrileth, ¿habéis hallado algo que sea digno de mención, o de lo que debamos preocuparnos?

–Nada en especial, el condado de Lirania parece un lugar más de este mundo. Hay alguna referencia a los Antiguos, pero era de esperar teniendo en cuenta que hablamos el mismo idioma.

–Sin embargo, albergas tus dudas.

–Sí –asintió moviendo parsimoniosamente la cabeza–, creo que hay algo más.

»Estoy totalmente convencida de que estas tierras fueron gobernadas por los Antiguos, pero no hay testimonio escrito de ello. No obstante, tanto la existencia de este castillo, que parece ser milenario, y la lengua que hablan aquí, la enseñada por los Antiguos a los humanos, son pruebas de que estuvieron aquí, y no poco tiempo. Sin embargo, en todos los lugares donde han tenido presencia se los adoraba como dioses debido a su poder y a su arrogancia; pero aquí siempre han sido devotos a la Trinidad, incluso tienen una incipiente jerarquía, lo que no cuadra con su modo de ser.

»Aparte de todo esto, solo he descubierto que esta gente vive así desde hace siglos, sin ningún cambio en su sociedad, aislados del resto del mundo. Al menos en lo referente a esta baronía.

»Y antes de que nadie lo pregunte, no hay ninguna evidencia histórica del Tributo.

–¿Cuál sería la conclusión de sus investigaciones?

–Que tenemos que andarnos con ojo.

Esa afirmación era de todo menos tranquilizadora. Pero tampoco íbamos fuimos a hacer turismo, y estábamos dispuestos a enfrentarnos a cualquier reto.

XVI

Lo que hicimos por la tarde no fue digno de mención; fuera seguía lloviendo y nos dedicamos a matar el tiempo. Aproveché para asearme correctamente tal y como nos exigía Izz. Zurinanda también lo hizo, prefería evitar comprobar si era cierto que la maga la podía convertir en rana.

A la mañana siguiente, después de desayunar y recoger nuestro nuevo equipamiento (mochilas, sobretodos, cuerdas y algún utensilio más), salimos de Cuatro Caminos por el camino del norte. Nuestra intención era atravesar la Espesura Impávida –un bosque maldito según los lugareños– y llegar a Entrebosques, una aldea situada a la orilla del río Raudana. Allí intentaríamos recopilar algo más de información sobre la zona y el conde. Por la tarde franquearíamos el río para luego llegar al castillo condal, la fortaleza conocida como Celador Sempiterno.

Así que al grito de «*Itro Kusora*» nos desplazamos entre la arboleda a gran velocidad; pero algo salió mal y el hechizo se interrumpió al poco de entrar en el bosque: había un árbol caído en mitad del camino.

–Me temo que tendremos que hacer todo el viaje andando –avisó Izz–. Si hay más árboles por el medio me interrumpirán el hechizo, y me quedaré sin fuerzas.

Con lo cual nos avenimos a seguir a pie, conscientes de que llegaríamos bastante más tarde de lo previsto a Entrebosques. Por suerte, don Penlarvo era un hombre previsor y llevábamos víveres suficientes para todo el día; y el pronóstico del tiempo era bueno: hasta media tarde no llovería.

Espesura Impávida era un bosque viejo, muy viejo. Sus altos y robustos árboles oscurecían el Sol con sus frondosas copas. La densa maleza cubría el suelo por completo, ocultando cualquier rastro de los supuestos senderos que se internaban entre la vegetación. Sin embargo, el camino se hallaba perfectamente delimitado, como si las plantas lo evitasen. Aun así, ese bosque, que claramente no temía a quien se aventurase a entrar, me ponía los pelos de punta, y no era al único.

—E' el prime' bo'que po'l qué pa'o, y me da un yuyu de pa' qué – exteriorizó Zurinanda, que siempre había vivido en una ciudad.

—He estado en muchos bosques y te aseguro que nunca había visto uno como este –declaró Halcón, que anteriormente se ganaba la vida como cazador y guardabosques.

—El senescal me hizo saber que los buhoneros evitan cruzarlo, prefiriendo rodearlo por el camino oriental –informó don Penlarvo con suma serenidad.

—Pues el camino está en buen estado, si no tienes en cuenta los árboles caídos –observó Tharan, que había crecido en la costa y solo conoció los bosques al unirse al adalid.

—No molestéis al bosque, y el bosque os dejará en paz… Eso espero –aconsejó Izrileth, que vigilaba de reojo a la espesura.

Proseguimos nuestro viaje con calma, sin prisas pero sin pausas. Encontramos algún que otro árbol caído, casi parecía que estuvieran allí expresamente, como para impedir el paso. Cuando llegó el mediodía, almorzamos ligeramente y después de un breve descanso, seguimos con nuestra caminata, dejando atrás Espesura Impávida al empezar la tarde. Las nubes comenzaron a amenazar con la lluvia, pero, por suerte, ya llegábamos a nuestro destino.

Entrebosques era una pequeña aldea construida con casas de madera. Estaba situada en la orilla del río Raudana, un río estrecho y poco profundo, pero sus aguas eran veloces y podían ser traicioneras. La aldea custodiaba un viejo y húmedo puente de madera que lo cruzaba, permitiendo que el camino siguiera adelante y diera acceso a los cultivos que se hallaban en el otro lado.

–Hay caballos negros parecidos a los de los exactores –advirtió Halcón.

–Entonces, es de suponer que no seremos bien recibidos – sospechó don Penlarvo.

Tenía una sensación extraña con todo eso. Me era muy difícil decir si era bueno o malo o indiferente. Simplemente me daba una sensación extraña y nueva, parecida a la que me transmitía aquel bosque. Tal vez era el bosque que todavía me afectaba.

–¿Cuántos hay? –preguntó Izz.

–Veo cuatro caballos –respondió Halcón.

–Hay dos más fuera de nuestra vista –añadí–. No, espera, hay tres más –corregí. Supuse que esa extraña sensación nublaba mi don.

–Podría ace'ca'me a hu'mear un poco –se ofreció Zuri–. Zoy mu' silencio'a.

–No. Iremos todos juntos –sentenció don Penlarvo–. Mas permaneced en guardia, no descartemos una emboscada y que debamos retirarnos.

Antes de entrar en la aldea por el camino principal, los tiragadianos enfundaron sus armaduras, y dejamos las mochilas en un árbol cercano, al cual tuve la extraña necesidad de pedirle permiso y asegurarle que volveríamos a recogerlas luego –y es que ese bosque me inspiraba mucho respeto, casi tanto como temor–.

Una vez dentro de la aldea, nos salieron a recibir seis soldados con uniformes parecidos a los de los exactores: se protegían con una cota de malla larga con cofia, cubierta por un tabardo negro adornado con el símbolo del condado, e iban armados con espadas largas enfundadas en unas vainas de cuero negro.

–¡Alto ahí! –nos ordenaron–. ¿Quiénes sois, y cuáles son vuestras intenciones?

–Somos forasteros que provenimos del sur, y que nos gustaría tener una recepción con vuestro señor conde –argumentó don Penlarvo.

–Soltad vuestras armas –nos exigió el que parecía el cabecilla. Luego se dirigió a otro soldado–. Tú, ve a avisar al excelentísimo patrón.

El soldado salió corriendo hacia una de las casas.

–Si bien dejamos nuestras armas, quedaremos expuestos a las suyas –arguyó el adalid.

–Solamente los hombres del conde tienen derecho a llevar armas en estas tierras –anunció el cabecilla–. Y dudo mucho que os haya dado un consentimiento especial.

A veces, don Penlarvo era un poco testarudo, pero ya teníamos experiencia sobre lo que tiende a suceder en Lirania si abandonas tus armas. La situación se iba poniendo tensa por momentos, y parecía que los aldeanos preferían esconderse en sus casas. Sin embargo, alguien con una voz dulce y varonil, digna del mejor bardo, interrumpió la disputa verbal.

–¿Acaso teméis que las puedan usar contra vosotros? Os creía más capaces.

Era un hombre alto y hermoso, de tez pálida que lucía una melena dorada, larga y lisa que ocultaba sus orejas puntiagudas. Sus ojos claros transmitían confianza en sí mismo y una infinita seguridad interior. Sus gestos eran gráciles y sutiles, acordes con su esbelto cuerpo. Vestía diferente a los soldados y a cualquiera que hubiésemos encontrado hasta el momento: su chaqueta y sus pantalones negros estaban protegidos por varias escamas de un índigo apagado que relucían tenuemente ante los destellos del sol; de su cintura colgaba un letal estoque con una empuñadura exquisitamente decorada; y en vez de tabardo, llevaba una fina capa de un oscuro azul marino que le colgaba desde los hombros hasta llegar a las rodillas.

–O sea, que vosotros sois los extranjeros que atacaron al barón Bintar. ¿Cómo llegasteis a nuestra tierra?

–Nuestro navío naufragó cerca de estas costas –respondió don Penlarvo.

La presencia de ese desconocido había turbado nuestras esperanzas. Nunca había visto a nadie así, y creo que los demás tampoco, excepto Izz, que remugó algo parecido a «¡mierda!» cuando lo vio.

–¿Hubo más supervivientes?

–Los demás no gozaron de tal fortuna.

El extraño se dio la vuelta arrogantemente, dándonos la espalda, y empezó a alejarse. Parecía que estaba meditando sobre las palabras de don Penlarvo, pero al pasar al lado del cabecilla se detuvo y, con tono desdeñoso, le ordenó:

–Matadlos, y acabemos de una vez con esto.

Y continuó paseando tranquilamente.

XVII

Los seis soldados, que habían empezado a flanquearnos, desenvainaron las armas dispuestos a cumplir las órdenes.

–¡*Katro Ignila*! –espetó Izz, derribando a uno de los soldados con una súbita llamarada.

Los otros cinco cargaron contra nosotros. Zurinanda, rápida de reflejos, salió corriendo escondiéndose detrás de una casa. Don Penlarvo sacó su montante, interceptando a uno de los soldados que consiguió desviar el ataque. Tharan golpeó a otro con el escudo, haciéndole perder el equilibrio, y lanzó una estocada a un tercero, deteniendo su avance. El cuarto esquivó al adalid, pero Halcón, que había soltado su arco para desenvainar su espada corta, se abalanzó sobre él, frustrando su persecución contra Zuri. Sin embargo, el quinto halló una brecha que le permitió acometer sobre Izz, pero conseguí interponerme, desviando su estocada. Lanzó otra estocada que, haciendo caso a mi instinto, pude volver a desviar. Entretanto, Halcón esquivaba otro golpe y atizó un puñetazo en medio de la cara del soldado, que no se lo esperaba para nada, haciéndolo tambalearse hacia atrás. Tharan mantenía a raya a sus dos contrincantes gracias a su escudo y su espada ancha, aunque tampoco conseguía superarlos. Sin embargo, don Penlarvo fintó a su adversario consiguiendo herirle en el muslo. A Zurinanda la habíamos perdido de vista, sin saber qué estaba tramando.

El soldado derribado por Izz, y con el tabardo chamuscado, se puso en pie para unirse a la batalla. Para entonces, Halcón había cogido a su rival por la mano hábil y estaba dispuesto a finiquitarlo con su espada corta. Don Penlarvo había conseguido lanzar una estocada letal al pecho de su adversario, y se disponía a ayudar a Tharan, que seguía sin ceder terreno ante sus dos rivales. Por mi parte, oí el crepitar del fuego detrás de mí y, cuando mi instinto me avisó, me aparté, oyendo el grito de «¡*Katro Ignila!*» y viendo como una llamarada estallaba en la cara del soldado.

No obstante, el ruido de la batalla alertó al caballero azul, que se giró para juzgar mejor la situación, algo sorprendido de nuestra resistencia.

–Parece ser que tengo que hacerlo todo yo mismo –dijo arrogantemente mientras desenfundaba su arma.

Avanzó con mucha templanza hacia la lucha, desprendiendo seguridad en cada uno de sus pasos. Su estoque nos señalaba, cuya hoja tenía un extraño y tenue brillo azulado, acorde con su capa y las escamas que le protegían. Halcón, que estaba libre, retrocedió para coger su arco y preparar una flecha.

–Ni se te ocurra, *sinfegil* –le amenazó apuntándolo con su estoque. Y con una voz musical pronunció–: *Katro Criola*.

Algo parecido a una bola de nieve salió disparado del estoque, golpeando con violencia al arquero y derribándolo con el impacto; pero Halcón aún seguía consciente y, con esfuerzo, recogió su arco y una flecha.

Don Penlarvo evitó al soldado chamuscado para enfrentarse directamente al extraño. Sin embargo, eso lo dejaba con un enemigo a sus espaldas. Y con Tharan ocupado con dos soldados y Halcón preparando su arco, solo quedaba una opción: así que hice acopio de todo mi valor y me abalancé contra el enemigo que había en su retaguardia.

Por poco no me atraviesa con su espada, pero había conseguido evitar que atacara al adalid por detrás, ganando algo de tiempo para que Halcón se recuperara y que Izz preparará su siguiente hechizo. Sin embargo, parecía que don Penlarvo había hallado un rival a su nivel; el ágil y largo estoque mantenía a raya los cortes de la montante, que a duras penas conseguía desviar las punzadas rivales.

Al poco rato, Halcón ya tenía preparada una flecha que, cuando vio la oportunidad, la disparó contra uno de los adversarios de Tharan. No fue letal, pero la herida en el brazo fue suficiente para obligarle a retirarse del combate, dándole al escudero la oportunidad de herir al otro soldado en la rodilla. Sin embargo, pintaban bastos para don Penlarvo; con cada estocada lanzada contra él, retrocedía un paso, incapaz de recuperar terreno. El extraño iba ganando y, con una prodigiosa finta, la punta de ese exótico estoque se clavó en el brazo izquierdo del adalid; por suerte, la armadura evitó que penetrara más, pero se habían roto algunas anillas. Todos pudimos oír el ahogado quejido de dolor de don Penlarvo, pero aún había esperanza.

–Nunca ningún *sinfegil* ha sido rival para mí –se mofó con una sonrisa en sus labios–. ¿De verdad creías que ibas a ser la excepción?

Con una herida así le sería difícil blandir con soltura su montante. Y si ya con los dos brazos había tenido problemas para mantenerlo a raya, ahora sería peor.

No obstante, nadie se había rendido aún. Halcón volvió a preparar otra flecha, mientras yo lograba mantener a raya al soldado chamuscado, e Izz juntaba sus dedos, envolviéndolos en fuego.

–Resistiros, así me divertiré más.

Alzó su estoque, amenazando a don Penlarvo teatralmente, dejando claro que iba a terminar la faena. Sin embargo, una veloz sombra se abalanzó sobre él, hiriéndole en el muslo a pesar de que las escamas frenaron la punzada. Vociferó algo en un idioma incomprensible –y que es mejor no traducirlo–, luego miró a su derecha, donde una pequeña muchacha agarraba con fuerza la daga causante de la herida. Zurinanda había impedido el ataque, pero el extraño la premió golpeándola fuertemente con el guardamano de su estoque.

–Tú serás la próxima, canija –amenazó lleno de cólera.

Se quitó la daga, arrojándola al suelo, volviéndose a encarar al adalid para descubrir que sus problemas aún no habían terminado.

–¡*Speinla Ignila*! –cantó bien fuerte Izz, y de sus dedos brotó un haz de fuego que surcó el aire en dirección al extraño.

Pero el enemigo era veloz, y con un ágil movimiento de su estoque partió el rayo de fuego en dos. Aun así, el chorro resultante le tocó de refilón.

–Tendrías que haberte esforzado más, aunque no te daré la ocasión.

No obstante, Halcón advirtió un punto débil en su armadura, cerca de la cadera, y disparó justo después del ataque de Izz, aprovechando la distracción. La flecha dio en el blanco, lo que hizo enfurecer aún más a nuestro enemigo. Y esa rabia se materializó cuando un aura gélida se hizo visible a su alrededor.

Izz hincó la rodilla al suelo encarada hacia el bosque; estaba claro que pretendía y tenía razón. Zurinanda cogió su daga y corrió hacia la maga. Don Penlarvo y Halcón hicieron lo mismo, mientras Tharan golpeaba con el escudo a mi soldado y juntos poníamos la mano encima de nuestra amiga maga.

–¡*Itro Kusora*!

XVIII

El primer árbol caído que interrumpió nuestro viaje no estaba muy lejos de Entrebosques. Decidimos que sería un buen lugar para acampar; así que Tharan y yo deshicimos el camino para recoger nuestros pertrechos, mientras Izz y Zuri se ocupaban de los heridos don Penlarvo y Halcón.

El arquero había recibido un buen golpe en el pecho y tenía dificultades para respirar. Pero cuando se quitó la armadura, Izz comprobó que solamente era el golpe acompañado por una gelidez residual; le saldría un buen moratón, nada más. Halcón era un hombre fuerte, con un robusto torso y alguna que otra cicatriz, podía aguantar golpes como ese. En cambio, estoy seguro que a mí me habrían molido todas las costillas.

No obstante, don Penlarvo se encontraba algo peor, tenía su brazo cubierto de sangre. Zuri –que tenía un buen moratón en la mejilla– le había aplicado una venda, presionándola con fuerza y taponando la hemorragia. Sin embargo, Izz estaba convencida que eso era insuficiente, que necesitaba un tratamiento mejor, pero primero teníamos que regresar con todos los bultos.

Cuando llegamos, la maga nos pidió que sacáramos dos de las tazas de metal que teníamos para la comida, así que le prestamos las nuestras –la de Tharan y la mía–. Seguidamente, se quitó los mitones y conjuró agua entre sus manos, llenando ambos recipientes. Luego las cogió una por una, sosteniéndolas entre ambas manos y concentrándose en ellas, y, momentos después, el agua hervía. Ordenó a Zurinanda que deshiciera el vendaje del adalid, a lo cual obedeció a regañadientes. Izz se lavó las manos con el agua caliente para luego coger otra venda y sumergirla en el agua hirviente del otro recipiente. Seguidamente, limpió la herida hasta verla con detalle: la malla de acero había evitado daños mayores, aunque se habían roto varias anillas con el impacto y se habían clavado; pero había sido un pinchazo limpio, sin venenos ni otras ponzoñas. Quitó los restos de metal, y de una de sus carteras sacó un hilo de seda que enfiló en una pequeña aguja. Después, como si se tratase de un roto en la ropa, cosió la herida, cerrándola, y paró de sangrar. Aunque para asegurarse aplicó otra venda limpia.

Por mi parte estaba alucinando, nunca había visto cerrar una herida así, y mucho menos con tanta cura.

–Normalmente aplicamos un hierro candente a este tipo de heridas –comentó Tharan–. Cauterizándola al instante.

–Sois unos bestias –replicó Izrileth–. La herida necesita limpieza y hay que asegurarse de que no haya infección.

–Te agradezco de corazón la cura que me has dispensado –intervino don Penlarvo–. Pero muy a nuestro pesar, nos hallamos en serias dificultades. Hoy reposaremos aquí, confiemos en estar a salvo esta noche. Mañana tendremos que tomar alguna decisión.

Empezó a llover. Pequeñas gotas se colaban entre las espesas copas de los árboles que cubrían el camino.

–Es de menester montar un campamento – ordenó don Penlarvo–. Este árbol caído nos dará cobijo si hacemos un hueco entre las ramas y tendemos los sobretodos a modo de toldo. También precisamos de madera seca para una hoguera.

–Iré yo –me ofrecí–. Me será fácil encontrarla.

–Coge únicamente las ramas que estén en el suelo –me advirtió Izz–. Y ve con cuidado.

Me interné en el bosque dejando a los demás montando el improvisado refugió.

Espesura Impávida bien merecía ese nombre. Había árboles, arbolotes y arbolitos en todas direcciones; y arbustos, setos y matojos por todas partes. Parecía una cueva pintada con todos los tonos existentes de verde y marrón. De vez en cuando veía algún movimiento, tal vez un conejo que se escondía, o un lobo que me acechaba. Sin embargo, ese bosque ya no me daba miedo; sumo respeto, sí, pero no miedo. Supongo que por eso le pedí permiso para entrar y recoger ramas secas. Cuidaba cada paso que daba, evitando dañar cualquier planta, mientras iba buscando cualquier cosa que pudiera servir para hacer el fuego. Aunque, sin darme cuenta, perdí el camino de vista.

–Os concedo un día entero para que descanséis –dijo una voz suave y armoniosa, de dulces matices femeninos–. Pero cuando termine la segunda noche, saldréis de este bosque. –Parecía que la voz provenía de mi derecha, pero solo veía árboles y maleza–. Aunque os prometo que nadie os molestará durante este tiempo.

–Mu-muchas gracias –articulé, intentando ver algo, o lo que fuese que me hablaba; pero no había nada de extraño, o de normal, según se mire.

Como respuesta me pareció oír una tímida sonrisa, y luego el sonido de varios tronquitos cayendo al suelo. Me acerqué, y allí estaba toda la madera que pudiéramos necesitar. La recogí y volví con el grupo.

–Esto… –Dudaba de si me creerían, incluso dudaba si realmente había sucedido–. El bosque me ha dicho que nos da un día para descansar, pero que cuando termine la segunda noche tendremos que largarnos. Y también nos ha prometido que nadie nos molestaría.

Me miraron con cara de incrédulos, excepto Izz, que suspiró aliviada.

–Aun así, andamos escasos de comida –comentó Halcón–. Y no pienso cazar nada en este bosque.

Les ayudé a terminar el refugio. La lluvia apremiaba, y si no nos cobijábamos pronto, nos calaría hasta los huesos. El resultado fue algo pequeño, pero teníamos suficiente espacio para pasar la noche y encender un fuego que nos calentara y permitiera prepararnos la cena.

Comimos sin decirnos nada, inmersos en nuestros pensamientos. Habíamos salvado la piel por los pelos, y eso asustaba incluso al más valiente de nosotros. Por suerte, la curiosidad de Zurinanda rompió el silencio:

–¿Qué quiere deci' *zinfiegil*?

–*Sinfegil* –le corrigió Izz–. Es un insulto en la lengua de los Antiguos, algo parecido a inferior e incivilizado, sin capacidad de entender ni de aprender.

–¿Y e'he e' un Antiguo?

–No, por suerte. Es lo que vulgarmente llamamos un desarraigado, aunque ellos mismos se hacen llamar legatarios, *izinturen* en su lengua, *izinture* en singular.

–Llo e' que me pierdo. Ni zé que e' un Antiguo, ni que e' un legatario.

Izz suspiró. La verdad es que yo tampoco tenía ni idea de quienes eran esos, y creo que los tiragadianos, a excepción de don Penlarvo, tampoco tenían mucha idea sobre eso.

–Bien, supongo que tenemos tiempo de sobra para una pequeña lección de historia.

Y, tal y como os prometí en el primer capítulo, y dejamos para más tarde, ahora toca una lección de historia.

XIX

Mientras oíamos el crepitar del fuego que nos calentaba con sus danzantes llamas, y el constante goteo de la lluvia nos acompañaba cual caprichosa melodía, nos dispusimos a escuchar atentamente todo lo que Izrileth nos quisiera contar. Esa situación me recordaba a esas frías tardes de invierno donde nos reuníamos alrededor del hogar para escuchar alguna vieja leyenda con la que nos deleitaba mi abuela materna –que la Trinidad la tenga en la gloria–, con la sutil diferencia de que quienes ahora me rodeaban no eran mis hermanos, sino que eran mis amigos y compañeros de aventuras; y que en vez de una anciana mujer dispuesta a relatarnos alguna antigua historia, sería una bella dama de poderes extraordinarios.

–Hace mucho tiempo, incontables milenios atrás, la raza que ahora conocemos como los Antiguos empezó a comprender lo que era el Éter, y poco a poco fueron descifrando los misterios de la creación, haciendo crecer su poder hasta alcanzar cotas inimaginables. Fue tal su maestría que moldeaban el entorno a su antojo, incluso modificaban las leyes de la naturaleza para crear nuevos seres que fueran sus fieles sirvientes. Y fueron tan poderosos, que aun siendo pocos en número, llamaron la atención de la raza más antigua de todas, los dragones, que han habitado y vigilado nuestro mundo desde hace eones, y solo despiertan cuando es necesario restablecer el equilibrio. El resultado no pudo ser otro que el que siempre se da cuando dos fuerzas opuestas y de gran magnitud chocan entre sí. Y empezó una gran guerra, la guerra por la supremacía de Ateril.

»Era la primera vez que los Antiguos se enfrentaban con un ser al cual no podían doblegar, pero pronto comprendieron que si querían ganar y asegurarse su supervivencia, tendrían que unir esfuerzos. Así crearon la primera ciudad de la historia, Arcania, para proteger el artefacto destinado a ser el centro de todos sus poderes, el Venero de la Sabiduría. Cuando los dragones descubrieron sus planes, lanzaron un feroz ataque sobre la ciudad para destruirla hasta sus cimientos; pero era demasiado tarde, y perdieron la batalla, y con ella, la guerra. Los dragones supervivientes más afortunados se retiraron a sus guaridas para regresar a su largo sueño; otros fueron capturados por los Antiguos, sometiéndolos, a ellos y a sus progenies.

»Sin embargo, los Antiguos, igual que los dragones, eran una raza solitaria y lo de vivir en una ciudad nunca fue de su agrado. Conscientes de que ya nadie sería rival para ellos, empezaron a esparcirse por el mundo, y encontraron a los humanos. Al principio nos tomaron como alumnos dándonos un idioma común, además de las matemáticas y la construcción, entre otros muchos regalos. Pero con el paso del tiempo, pasamos de alumnos a siervos, y de siervos a esclavos.

»Los Antiguos, bendecidos con el don de la vida y juventud eternas, veían cómo los débiles humanos nacían, crecían, se reproducían y morían de viejos; a sus ojos no éramos más que simples animales que sabían hablar. Y a los ojos de los primitivos humanos, sus maestros eran dioses, y como tales los trataban, y a más de uno le satisfacía ese trato. Así que decidieron que esa era la mejor forma de relacionarse con nosotros, exigiendo fe ciega hacia ellos, dando rienda suelta a su sed de poder y a su arrogancia. Pero no se detuvieron allí.

»Debido a su aislamiento con sus semejantes, pronto empezaron a creerse mejores que sus iguales, codiciando las tierras y los fieles del vecino. Así que los que se hacían pasar por dioses empezaron a guerrear entre ellos. Los humanos, creyendo que su falso dios era mejor que el de los demás, no dudaron en seguir a los antiguos a la batalla, y los más valientes y afortunados eran recompensados de formas muy variadas. Sin embargo, sus poderes seguían a la par, así que los falsos dioses no dudaron en usar las artes más oscuras para asegurarse la victoria.

»No obstante, Arcania seguía existiendo junto a su ideal de permanecer unidos, y le disgustaba profundamente aquella situación. Aunque su población era escasa, ya que la mayoría de Antiguos preferían ser dioses indiscutibles que ciudadanos ceñidos a una comunidad, todavía disponía de mucho poder, y decidió tomar cartas en el asunto lanzando un ultimátum. Eso disgustó a la mayoría de los falsos dioses, que se creían incluso superiores al Venero y a la ciudad que lo protegía, lo que desencadenó una guerra civil. Se desconocen los detalles de ese conflicto, pero sabemos que Arcania triunfó y a los vencidos les dejó elegir entre el destierro o el trance de la expiación.

»Los que eligieron el destierro renacieron como parias, olvidando lo que una vez fueron y desvinculándose del Venero. Fueron desposeídos del don de la vida eterna, pero se les permitió conservar la juventud hasta el final de sus días. Estos parias crearon una nueva sociedad que coexistía junto a los humanos, lo que llevó a la fundación del actual imperio Gasteril, al otro lado del mundo. Los legatarios que ahora viven allí son sus descendientes, y no se consideran a sí mismos como legatarios.

»Los que tenían más orgullo, prefirieron ser antes mártires que desterrados, y eligieron el trance de la expiación. Es algo peor que la muerte: no solo te destruye el cuerpo, sino también el alma y cualquier energía o vínculo que pueda sobrevivir. Resumiendo, se destruye cualquier rastro de la existencia del individuo, cayendo en el olvido absoluto.

»Sin embargo, no todos los falsos dioses se habían levantado contra Arcania. Algunos de esos decidieron volver a la ciudad y retomar su vida como ciudadanos, abandonando a los humanos a su suerte; otros permanecieron con sus devotos, conteniendo su codicia y conformándose con las adulaciones. Sin embargo, algunos Antiguos, ante tal grado de destrucción y perversión, decidieron volver a sus raíces y retomar el contacto con la naturaleza; decidieron renacer como elfos. Así que la guerra civil se saldó con división de la especie en tres partes: los que seguían siendo Antiguos, los que habían sido convertidos en parias, y los que renacieron junto a la naturaleza. Y hubo paz durante mucho tiempo.

»No obstante, sin el yugo y la vigilancia constante de los Antiguos, los humanos progresaron valiéndose de sus agallas y su imaginación. Pronto crearon nuevas ciudades y naciones que florecieron y prosperaron con vigor, creando una nueva cultura dispuesta a reclamar su lugar en el mundo y dejar huella en la historia, lo que disgustó a los Antiguos. Pero para entonces ya había demasiados humanos para dominarlos a todos, e intentaron hacerse con las posiciones de poder, controlando a reyes y soberanos con artes sutiles. Sin embargo, algunos humanos se dieron cuenta de esas tretas y que si no las detenían, nunca serían dueños de su destino. Así empezó el Levantamiento.

»Los Antiguos, con tal de protegerse, envenenaron la mente de muchos dirigentes codiciosos para que centraran sus esfuerzos bélicos contra los demás humanos. Los que aún eran falsos dioses recibieron carta blanca por parte de Arcania y extendieron sus dominios subyugando a más humanos. Sin embargo, aún había humanos librepensadores, y prepararon el contraataque.

»Sabemos que el Innombrable exterminó a los falsos dioses, aunque para eso tuvo que acabar con casi todos sus seguidores. Algunos dragones despertaron, aprovechando la oportunidad para vengarse, pero no de forma directa, sino enseñando a los humanos las antiguas artes y cómo vencer a los Antiguos. Y alguien, no se sabe ni quién ni cómo, destruyó Arcania y el Venero. Y para asegurarse que la humanidad seguiría siendo dueña de su destino, se fundaron los Guardianes.

»Los Antiguos supervivientes, con el Venero destruido, vieron cómo no solo su poder disminuida alarmantemente, sino que también se marchitaba su salud y su vida se desvanecía lentamente. Así que se vieron obligados a elegir entre la muerte inminente o renacer. Algunos se convirtieron en elfos, atándose a regiones naturales como bosques, lagos, montañas o fiordos. Otros renacieron como parias, pero se autodenominaron legatarios, y están dispuestos a recuperar su poder y su posición en el mundo; curiosamente, los desposeídos de Gasteril los consideran sus enemigos.

»Y dejando de lado lo que ha sucedido desde la fundación de los Guardianes hasta ahora, esta es la historia de nuestro mundo.

Permanecimos en silencio durante un momento, digiriendo toda esa nueva información hasta que la pudimos asimilar. El primero fue don Penlarvo, que aún tenía algunas dudas en mente:

—Por lo tanto, y teniendo en cuenta lo que descubrió en los archivos de Cuatro Caminos, Lirania fue un territorio gobernado por un Antiguo hasta que Arcania fue destruida, y sin que este se hiciera pasar por dios. ¿Sería esto correcto?

—Es lo que yo pienso —coincidió Izz—. Aunque me resulta bastante extraño creer que hubo un antiguo que no quiso hacerse pasar por dios.

—Lo que yo veo en todo esto —razonó Halcón—, es que todos esos nos ven como simples animales a los cuales hay que domesticar.

—¿Le has preguntado alguna vez a un animal si le gusta el trato que le das? ¿O a una planta? —interrogó Izz—. Seguro que este bosque podría darte una opinión bastante expeditiva.

–Mi duda es sobre las capacidades de nuestro enemigo –planteó Tharan–. Hasta qué punto nos supera, y si hay alguna posibilidad.

–Aunque hayan perdido el don de la inmortalidad, viven casi el triple que un humano –respondió Izz–. Su superioridad no se debe a su facilidad innata con el manejo del Éter, sino más bien a disponer de más años de aprendizaje. Con imaginación y astucia se puede derrotar a un enemigo experimentado.

–A mi me p'eocupa má' zi ese e'ta solo o zi hay má' como él po' aquí.

–He intentado averiguarlo, pero ni siquiera doy con él –contesté yo–. Creo que mi don no puede con ellos.

–A pesar de que estar informado sobre el enemigo siempre es bueno –argumentó don Penlarvo–, no logro vislumbrar qué relación tienen los legatarios con el Tributo.

Todos asentimos pensativamente. Si querían exterminar humanos, podrían hacerlo directamente. Si solo se trataba de un control de población, no se limitarían a niños. Si quería que los venerasen, se darían a conocer. Tal vez era cierto que los usaban para rituales oscuros, o que los vendían como esclavos. Cualquier suposición era igual de válida, y nos era imposible determinar cuál era la más acertada.

Así que, sin nada más que añadir, y con la lluvia sonando de fondo y el fuego controlado por un hechizo de Izz, nos dispusimos a dormir bajo la atenta mirada del bosque.

XX

Sería difícil determinar quién había sido el primero en despertarse, porque todos dormimos más bien poco; pero la primera en levantarse fue Izrileth. Apenas se habían filtrado los primeros rayos de sol a través de los espesos árboles cuando se puso en pie y se distanció un buen trecho, aunque seguíamos teniéndola a la vista, pero estaba claro que no quería que la molestásemos, ni ella a nosotros. Lo más curioso de todo es que iba sin sus largas botas, totalmente descalza, es más, solo llevaba su corto vestido.

–¿No tiene frío? –murmuró Zurinanda, acurrucada en su manta.

Nadie respondió, aunque todos nos preguntábamos lo mismo. Estábamos muy bien allí tumbados, cubiertos con nuestras mantas; y preguntarnos qué hacía Izz allí en medio del barro nos parecía una muy buena idea.

Nuestra bella maga, la cual parecía inmune al frío, había adoptado una extraña posición que mantuvo durante un buen tiempo, estaba de pie con las piernas entreabiertas y ligeramente dobladas, y los brazos describían un círculo, como si estuviera abrazando algo. Después del largo momento, empezó a moverse muy despacio, casi parecía que estaba quieta, pero sus brazos, junto a todo su cuerpo, empezaron a balancearse suave y armoniosamente. Poco a poco iba aumentando el ritmo, pasando de extremadamente lento a bastante lento, ejecutando una extraña danza ritual que nos llenaba a todos de curiosidad.

–Sigo diciendo que la he visto en alguna parte –comentó Halcón, calzándose sus botas.

–¿Y si se lo preguntas? –le propuso Tharan, aún tumbado y cubierto por su manta.

–Sería poco cortés, incluso para alguien como Halcón –intervino don Penlarvo, que también se había levantado–. Mas la dama Izrileth está en lo cierto: tenemos que quitarnos el sueño de los ojos y prepararnos para lo que se avecina. Tharan, practica los movimientos de combate superior. Halcón, instruye a Hassel y Zurinanda en técnicas básicas de combate cuerpo a cuerpo. Ya desayunaremos al terminar.

–Vale, pero primero tengo que mear –respondió Halcón–. Espero que el bosque no se moleste.

–Yo también tengo que hacer mis necesidades –añadió Tharan.

–Creo que todos lo necesitamos –afirmé yo.

–Y la let'ina de la chica', ¿ande e'tà? –preguntó Zuri.

–Al otro lado del árbol –resolvió don Penlarvo–. Dejad que Zurinanda vaya primero, luego iremos nosotros.

Una vez cumplimos con la llamada de la naturaleza, y con la humedad y el frío matinal calando en nuestros huesos, empezamos a ejercitar nuestros músculos.

Tharan cogió su espada y su escudo. Luego se apartó del grupo, más o menos como había hecho Izrileth, y después de un poco de calentamiento, empezó a ejecutar una serie de movimientos metódicos y precisos.

Halcón hizo algo parecido con nosotros. Primero calentamos un poco nuestros músculos con una serie de ejercicios un tanto ridículos para mi gusto, pero que sin duda fueron efectivos. Luego practicamos una serie de golpes al aire como la estocada y el corte transversal. Seguidamente, nos enseñó a encontrar los puntos vitales donde lanzar un ataque letal, y así mismo, también a tenerlos en cuenta para evitar dejarlos expuestos y a merced de nuestros rivales. Terminamos la clase practicando una serie de movimientos de defensa, combinados con contraataques.

Por su lado, don Penlarvo comprobaba su herida. Pudo

cerciorarse de que permanecía limpia y sin ningún tipo de infección ni complicación. Reconoció que los métodos de la maga eran muy eficaces, la cual ya había terminado sus curiosos ejercicios y volvía al lado del fuego, junto con don Penlarvo.

–Buenos días. Espero no haber molestado a nadie.

–Buenos días tenga. No ha causado molestia alguna.

–Según puedo apreciar, tienes cierto dominio sobre el Éter. Supongo que conocerás las técnicas del Arma Espiritual y también las de autocuración –curioseó Izz, que se estaba limpiado el barro de sus pies.

–Cierto. Me fueron enseñadas de joven, en mi adiestramiento, y ahora se las transmito a Tharan.

–Con el apaño que te hice, en un par de días estarás como nuevo. Y con el Arma Espiritual deberías poder enfrentarte a los legatarios. –Se puso unos largos y finos calcetines blancos, que tampoco tenían costuras.

–Siendo sincero, nunca profundicé en el uso de esas técnicas del Arma Espiritual, simplemente las he usado para mejorar mi dominio sobre mi montante. Nuestros rivales generalmente han sido únicamente los trasgos, por lo que con la autocuración me bastaba.

–Se puede hacer más. Deberías ser capaz de cortar hechizos, como ese hizo con mi lanza de fuego. –Se calzó las botas y se arrimó al fuego, acercando las manos para calentarse.

Don Penlarvo la observó con su ya típica expresión de sorpresa contenida.

–Al parecer, si que sois capaz de sentir frío.

–Como todo el mundo. Lo que pasa es que puedo usar algún hechizo para resistirlo mejor. Además, mi vestido, los calcetines y los largos mitones están hechos de un tejido mágico que me protege de las inclemencias del tiempo, entre otras muchas virtudes que tienen.

–Así que invierte en una sola prenda de ropa, pero que le sirva para todo, reduciendo considerablemente su equipaje.

–Correcto. –Izz se frotó las manos junto al fuego–. ¿Y si desayunamos?

Tharan estaba terminando su ejercicio y nosotros habíamos completado nuestra lección cuando don Penlarvo nos llamó para desayunar. Solamente disponíamos de raciones secas y las estábamos agotando, pero bastaron para calmar nuestros estómagos.

Al terminar de comer, el adalid desplegó el mapa de Lirania, el que le había entregado el senescal de Cuatro Caminos.

–Lo más prioritario es hallar comida y refugio. Asimismo, debemos planificar el siguiente paso con esmero.

Todos sabíamos que huir no era una opción, aunque nos hubiera resultado fácil y factible.

–Aconsejo buscar algún lugar retirado para prepararnos adecuadamente para luchar contra los legatarios. Es posible que ese esté acompañado –aconsejó Izz.

–Podríamos volver a Abrabuey –propuso Tharan.

–Subsisten al linde de la miseria, seríamos una carga para ellos –alegó don Penlarvo.

–Si nos tenemos que preparar, supongo que eso también me incluye, lo que me impide dedicarme a la caza. Así que tenemos que pedir caridad a algún pueblo –expuso Halcón.

–Y lo má' probable e' que hayan avisa'o a to'o' lo' barone' –contempló Zuri.

–¿Y si probamos suerte en alguno de los pueblos más alejados? –propuse yo.

–Tesorera, ¿cómo están nuestras reservas monetarias? –preguntó don Penlarvo.

–Aún no' que'a algo –respondió Zuri.

–Si el mapa es correcto, la mejor opción es este pueblo, Altillo de la Cabra –dijo Izz señalándolo en el mapa–. Los demás pueblos apartados no tienen acceso por carretera, por lo que no podría utilizar el camino del trueno.

–Por lo tanto, es nuestra mejor opción –sentenció don Penlarvo.

Levantamos el campamento, recogimos nuestras cosas, las guardamos en las respectivas mochilas y empezamos a andar. Lo primero era salir del bosque a pie.

XXI

El camino que teníamos por delante era largo y desconocido, y esto último era lo que más nos preocupaba. Temíamos tropezar con algún árbol caído o cualquier otro obstáculo que nos interrumpiera el viaje. Por suerte no fue así, pero empleamos toda la mañana y parte de la tarde para poder llegar a Altillo de la Cabra. Izrileth nos advirtió que atravesar un pueblo con el hechizo del Camino del Trueno podría traer muchas complicaciones debido a los cruces entre calles, así que optamos por rodearlos. Y para complicarlo un poco más, nuestra presencia debía pasar inadvertida, con lo que teníamos que pararnos a una hora a pie antes del pueblo para que no oyeran el estruendo de nuestra llegada; y alejarnos lo mismo para volver a usar el hechizo.

Altillo de la Cabra era un pequeño pueblo, mejor dicho, una diminuta aldea de montaña, situada en la falda de una colina, junto a un río de rápidas aguas, y protegida por una rudimentaria y descuidada empalizada de vieja madera mohosa. Las casas eran simples chozas de madera rematadas por tejados de paja con una tosca pero funcional chimenea. A sus alrededores había algunos campos de cultivo que proporcionaban la suficiente base alimenticia para el pueblo, que la completaban con algo de caza. Luego ya se extendían las colinas en todas direcciones, salpicadas de árboles y matojos. También se distinguía una vieja atalaya situada al este, a más o menos una hora de viaje.

Como era de esperar, y como habíamos supuesto, nos recibieron con escepticismo, además no sabíamos si les habían llegado noticias sobre nosotros. Por lo tanto, don Penlarvo decidió obrar con prudencia y hacer lo de siempre: preguntar por la autoridad local para mostrarle nuestros respetos y pedirle permiso para quedarnos, así como algo de comida que abonaríamos con nuestras escasas monedas. Pero no fue fácil dar con él ya que había salido a cazar, con lo que nos tocó esperar hasta bien entrado el atardecer, cuando el sol empezara a esconderse detrás de las montañas. Al menos aprovechamos para conocer a la población local.

Los habitantes de Altillo de la Cabra eran básicamente gente hecha y derecha, con una clara escasez de juventud. Por lo que pudimos averiguar, la mayoría de los jóvenes aprovechaban cualquier oportunidad para ir a vivir en cualquier otro pueblo con mejor clima y una vida menos dura –es que hacía algo de fresco allí, y prefiero no imaginarme cómo sería pasar un invierno dentro de alguna de esas chozas–. La única excepción era una chica joven encinta a punto de salir de cuentas; su marido estaba fuera, en la atalaya, haciendo el turno de esa semana. Los aldeanos habían prometido que cuando llegara el momento irían a buscarle si es que aún no había vuelto, y ya habían avisado a la partera de la baronía, que tenía que haber llegado hace unos días, pero las lluvias habían impedido su viaje.

Cuando por fin llegó el alcalde, y don Penlarvo pudo hablar con él mientras despellejaba la captura del día, pudimos negociar las condiciones para quedarnos. El dinero no les llamaba mucho la atención, porque pagaban sus impuestos en especies y, aparte de la visita semanal del buhonero, tampoco tenían dónde gastarlo. Sería complicado ganarnos su confianza, y la cosa no pintaba bien, hasta que alguien nos interrumpió gritando:

–¡Jazzin ha roto aguas!

–Si deseáis, podemos ir a buscar al padre –se ofreció don Penlarvo.

–Me preocupa más la partera –comentó el alcalde–. Ni siquiera sabemos dónde se encuentra.

–Eso también podemos solucionarlo –volvió a ofrecerse don

Penlarvo.

Nosotros estábamos fuera, escuchando a Tharan contándonos una anécdota sobre lo que le ocurrió con una elmarantina que quería aprender a pescar –sin entrar en detalles, juntad los conceptos red y patosa, y tendréis una buena idea de lo ocurrido–, cuando vino el adalid para explicarnos lo sucedido. Pronto nos organizamos: Halcón y Tharan salieron veloces a buscar al futuro padre y relevarlo; Zurinanda se ofreció para asistir en el parto, nos aseguró que ya había ayudado en algún otro; por mi parte localicé a la partera, que se encontraba en el pueblo vecino de Villarrauda, y se lo comuniqué a Izz, que se fue al instante; y a don Penlarvo solo le quedó informar al alcalde de que nos habíamos puesto en marcha.

Media hora después, más tarde de lo previsto, volvió Izrileth con la partera y la acompañó dentro de la choza –resultó ser que esa mujer era algo reticente a los medios de transporte de la maga, y también a la maga en sí, y se había opuesto firmemente a que una desconocida se la llevará a otro lugar usando hechizos desconocidos; por eso el retraso–. En ese momento Zurinanda estaba acompañando a la futura madre, que era un poco mayor que ella, intentando aliviarle los dolores del parto. Yo me encontraba fuera de la choza, esperando y mirando las estrellas, intentando desconectarme de los gritos de la joven que estaba alumbrando. Tampoco era el primer parto que presenciaba, siempre desde el otro lado de una pared, pero seguían impresionándome.

Izz salió al cabo de un rato y se apoyó en la pared, justo a mi lado. Tenía la cara compungida. Ver su rostro lleno de tristeza mezclada con impotencia me hizo verla de manera distinta, más humana, menos diosa.

–¿Qué te pasa, Izz? –le pregunté con intención de aliviarla. Ella suspiró abatida antes de responderme.

–¿Sabes por qué hay tantas mujeres ignorantes?

–Porque los otros hombres no saben apreciar el valor de una mujer.

–Típica respuesta de un varón domado en Elmarant –dijo con retintín–, pero hay un motivo más razonable. –Volvió a suspirar, esta vez mirando hacia las estrellas–. Dime, Hass, ¿enseñarías a un moribundo a leer y escribir?

–Esto… –¡Vaya pregunta! Aunque fuera su última voluntad, ¿para qué molestarse?

–Sabes de sobra que sería una tontería. Es por esto que no vale la pena enseñarle nada a una mujer.

–La mujeres no son moribundas.

–Otra típica respuesta de Elmarant, aunque allí las cosas están algo mejor. La verdad es que muchas mujeres, ¡qué digo mujeres!, muchas chicas mueren en el parto. Incluso en el caso de que vaya bien, pueden morir más tarde. –Me clavó sus preciosos ojos azules, estaba como furiosa–. ¿Cogerías como aprendiz a alguien que sabes que seguramente morirá antes de dominar el oficio? ¿Verdad que es mejor enseñar a alguien que pueda transmitir tus conocimientos? ¿Cómo crees que la mayoría de hombres ven a las mujeres?

Me dejó atónito. Aunque visto así, tenía su lógica.

–Pero esto en Elmarant no sucede. –No sabía qué responderle, parecía que le había herido su orgullo. ¿Tan malo es dar a luz?

–Elmarant es una sociedad gobernada por mujeres –añadió ya más tranquila–, y si quieren que siga así, tienen que afrontar un gran problema para la supervivencia de su gente. ¿Sabes cuál es la principal causa de muerte entre las mujeres?

–¿La tuberculosis? –respondí dudosamente.

Izz negó con la cabeza.

–No. Es el parto. –Dejó que se hiciera un silencio, solamente roto por los gritos de la futura madre que se escapaban de la choza–. Para un hombre es muy bonito ser padre, pero, sé sincero, ¿cuántas chicas crees que querrían quedarse embarazadas si supieran que pueden morir cuando den a luz?

–Entonces… Por lo que dices, es mejor que no lo sepan o no nacerían más hijos.

–En los lugares pocos civilizados, sí, convirtiendo a las mujeres en simples peones dedicados a la reproducción. Tampoco es que desconozcan el riesgo, pero su ignorancia les lleva a olvidarlo.

–¿Lugares como este? –me daba miedo preguntarlo, pero Izz asintió.

–Como este… Elmarant es distinto, como te he dicho. Allí, si el parto va bien, casi seguro que la madre sobrevive, y que sus siguientes partos también saldrán bien. Pero si hay complicaciones, si hay que hacer una cesárea o una episiotomía, mueren cinco de cada doce mujeres. Pero en el resto del mundo es casi la totalidad, y si no es por hemorragia es por infección. –Izz miró al suelo, seguía estando triste, y quería hacer algo para aliviarla. Y de fondo nos seguían acompañando los gritos de la joven madre–. En Elmarant, las mujeres que han tenido un parto difícil se someten a un tratamiento de esterilización, así pueden seguir teniendo una vida sexual completa sin peligro de quedarse embarazadas y morir en el parto. Hasta que las mujeres puedan parir sin morir, no habrá libertad para nosotras.

–¿Una vida sexual completa? –Era la primera vez que oía esa expresión.

–Se nota que aún no te has estrenado. –Me dedicó una media sonrisa burlona–. Aparearse, tener sexo, el coito, follar, como prefieras llamarlo. Da mucho placer… mucho… Y los hombres, que hacerlo no os supone una sentencia de muerte, siempre buscáis alguna chica despistada para metérsela; Halcón es un ejemplo. A veces me pregunto si es consciente de que su actitud puede suponer la muerte de su amante.

–Entonces, Izz, ¿tú también eres virgen?

Se inclinó hacia mí, poniéndose a mi altura, mirándome pícaramente con sus preciosos ojos azules ligeramente rasgados, mientras que los míos se desviaban fugazmente hacia su escote. Luego, con su dulce voz me dijo:

–¿Te gustaría desvirgarme?

Me puse rojo como un tomate. Esa proposición me cogió totalmente desprevenido, poniéndome nervioso a más no poder, incapaz de articular ninguna palabra.

–Lo digo porque… llegas tarde. –Sonrió divertida, medio burlona–. Pero tranquilo, pronto llegará tu día y, quién sabe, tal vez sea con una mujer como yo. –Volvió a apoyarse en la pared, mientras yo intentaba recuperar el aliento. La idea de… uff… O me la sacaba de la cabeza o no podría volver a dormir, así que intenté cambiar de tema.

–¿Tienes hijos, o has hecho el tratamiento de esterilidad?

–Ni una cosa ni la otra. Más bien he paralizado mi periodo. No tener la regla tiene sus ventajas, una de ellas es no poder quedarse embarazada.

–¿Y no te gustaría tenerlos?

–Las personas como nosotros pocas veces congeniamos con los demás; hacemos cosas raras que se escapan del entendimiento de la gente normal. Además, que yo sea mujer agrava la situación.

»No obstante, puedo decirte que una vez tuve una amiga que hacía como yo, también era maga y muy poderosa. Pero un día se enamoró tanto de un hombre que quiso tener un hijo con él. –Su tono de voz sonaba más apagado, más triste, ya no tenía humor para juegos–. El bebé venía del revés, tenían que practicar una cesárea. –Hizo una breve pausa para recomponerse, se veía claramente afectada–. No salió bien, y murió. Vi exhalar su último aliento en medio de un charco de sangre, destripada como un animal en medio de una roñosa habitación, con el dolor más horrible esculpido en su rostro, mientras las manos de una inútil partera, que había llamado a un supuesto cirujano, sostenían a un feto muerto. –Respiraba hondo, con la mirada perdida en el infinito, intentando contener las lágrimas dentro de sus ojos llenos de rabia–. Esos inútiles estallaron en llamas.

Me imaginé la escena, prefería no buscarla entre el pasado, era demasiado terrible. Luego esperé a su reacción. Estuve tentado a averiguarlo yo mismo, pero no quería hacerlo si no me lo preguntaba. Y no lo hizo, ni en aquel momento, ni nunca. Obviamente, tenía miedo a quedarse embarazada, y también a la contestación de lo que no se atrevía a preguntarme. Así que pensé en alguna respuesta que la pudiera ayudar.

–Izz, este parto irá bien, pero eres la única que puede asegurar las condiciones de higiene necesarias. –Le dije con el tono más amable que pude, a ver si la animaba.

–Gracias, Hass. Eres una buena persona y un chico muy inteligente.

Luego se quitó los mitones, me dio un besito en la mejilla, y entró en la choza.

XXII

Gracias a nuestra intervención en el parto, conseguimos negociar nuestra estancia en el pueblo. Logramos que nos dejaran quedar dos semanas en la atalaya, donde nos encargaríamos de las guardias. A nosotros nos iba bien, así podríamos hacer lo que quisiéramos lejos de las miradas de los, habitualmente, supersticiosos aldeanos. Al pueblo también le iba bien, aún tenían algo de las reservas de comida destinadas a soportar el duro invierno, así que no les fue ningún problema alimentarnos.

Antes que nada, organizamos una buena rutina de entrenamientos para aprovechar al máximo las dos semanas. Lo primero que hacíamos al empezar el día, justo después de levantarnos, era una serie de ejercicios individuales que tanto nos servía para entrar en calor como para prepararnos para el resto de la jornada. A Zurinanda le habían enseñado a realizar una serie de ejercicios atléticos para potenciar y mejorar su agilidad y sus reflejos, unos ejercicios muy parecidos a los que hacía Halcón, aunque los de él eran algo más rudos. Izrileth realizaba todos los días la misma extraña danza ritual que vimos en Espesura Impávida. A mí me sugirió que hiciera algo por el estilo, así que me enseñó algunos pasos y me dijo que mientras lo hiciera, me concentrara en mi don para observar mi alrededor; y así lo hice. Tharan y don Penlarvo realizaban sus respetivos movimientos marciales, pero los del adalid eran algo más vistosos: a veces su montante refulgía con una extraña luz amarillenta, además de poder oír cómo cortaba el aire.

Al terminar estos ejercicios, desayunábamos y luego nos poníamos con el entrenamiento específico. Izrileth ayudaba a Tharan y a don Penlarvo a perfeccionar sus técnicas del Arma Espiritual en general y el corta-hechizos más específicamente. Fue dura con ellos y más de una vez se chamuscaron, pero aprendieron y mejoraron. Por otro lado estábamos Zurinanda y yo con Halcón, que nos dio clases sobre combate cuerpo a cuerpo con armas pequeñas, además de repasar cosas como localizar los puntos vitales y saber atacarlos y protegerlos, aprendimos técnicas de pinchar y huir, y cómo ganar distancia cuando fuese necesario. Zuri demostró que tenía agallas y que su agilidad y rapidez eran sus grandes bazas; por mi parte…, Halcón aseguró que no había visto a nadie tan bueno defendiéndose.

Al llegar al mediodía tomábamos el merecido y anhelado almuerzo. Luego descansábamos, incluyendo un poco de siesta, antes de volver al entrenamiento.

La tarde la dedicábamos a trabajar como grupo. Don Penlarvo era muy consciente de que por mucho que individualmente progresáramos, el éxito residía en el trabajo en equipo; como suele decir «una escalera es tan fuerte como el más débil de sus peldaños; mas los peldaños disgregados, por muy fuertes que sean, no son una escalera». Aprendimos a coordinarnos con el ataque del compañero y a apreciar el tiempo que tardaba en ejecutarlo; así como a situarnos en la batalla para sacar el máximo provecho de nuestras cualidades, y entender los ritmos y velocidades de nuestros compañeros para no entorpecernos. De este modo aprendimos a trabajar como una solo unidad, o como prefiero llamarlo yo, como un auténtico grupo de héroes.

También nos unimos más como amigos. Los flirteos de Halcón con Izz resultaban divertidos, sobre todo por la cancha de la maga, y Tharan y Zurinanda se hacían la puñeta el uno al otro. Una vez, mientras se incordiaban mutuamente, cayeron rodando colina abajo, creo que en ese momento Tharan aprovechó para robarle un beso a la sorprendida muchacha.

Cuando llegaba el atardecer volvíamos a refugiarnos en la atalaya para cenar y luego dormir hasta el día siguiente. Obviamente no estábamos muy cómodos, el puesto de vigía había sido pensado para dos personas, no para seis, pero supimos organizarnos. La torre estada dividida en cuatro niveles: el más bajo era una cisterna de agua proveniente de la lluvia; el primer piso era la sala común para dormir y comer, y también tenía la entrada principal –como la cisterna estaba abajo, no quedaba a ras de suelo, sino que se encontraba a altura y media de un hombre, lo que facilitaba enormemente la defensa del lugar–, allí dormíamos los hombres. El piso superior, que habilitamos para que las chicas pudieran descansar con intimidad, era una pequeña armería con una reducida despensa. Y arriba del todo ya salíamos a la terraza, donde los vigías hacían las guardias.

Supongo que a estas alturas te estarás preguntando si hacíamos alguna guardia y, en cierto modo, las hacíamos. Antes del almuerzo, mientras Izz o Halcón cocinaban, escudriñaba el día en busca de algún peligro; pero nunca encontré nada, así que estuvimos tranquilos.

Toda esa estancia también nos sirvió para estrechar lazos entre nosotros y descubrir nuevas facetas de nuestros compañeros. Una de las primeras cosas, y la que más nos impresionó, fue que Izz sabía volar, no mucho, pero lo suficiente para superar la altura de la puerta con la adecuada delicadeza para evitar dejar ver algo por debajo de su corta falda. También descubrimos las habilidades culinarias de Halcón, que de lo poco que teníamos sabía sacarle buen sabor y hacer disfrutar el paladar, lo que nos llevó a fijarnos que durante los entrenamientos, a veces se agachaba para recoger alguna hierba que más tarde usaría para cocinar. Tharan nos demostró que sabía cantar y conocía muchas canciones; Izz también sabía, y una vez nos regalaron una preciosa canción a dos voces, fue algo digno de recordar.

La verdad es que fueron buenos momentos, pero no olvidamos el porqué estábamos allí, ni a lo que teníamos que enfrentarnos. Así que en nuestra última noche preparamos nuestro próximo paso.

–¿Alguna sugerencia? –consultó don Penlarvo.

–Si vamos al encuentro del conde, nos meteremos en la boca del lobo –apuntó Halcón.

–¿Y si intentamos hablar con el barón de estas tierras? –sugirió Tharan.

–Tal vez haya algún legatario con él. Creo que es buena idea – apoyó Izz.

–Entonces, mañana mismo iremos a visitarlo –sentenció don Penlarvo.

Pasamos tranquilamente la noche, y a la mañana siguiente nos sustituyeron y emprendimos el viaje.

XXIII

El barón residía en el pueblo fortificado de Malmonari, cuyo nombre hacía cavilar a nuestra maga. Aseguraba que ese lugar debería tener algo especial ya que esa denominación se desviaba del estilo de los topónimos de Lirania, con lo cual coincidimos, pero solo eran teorías sobre el porqué de ese nombre.

El pueblo de Malmonari era bastante parecido a Cuatro Caminos, pero a medida que uno se acercaba, observaba importantes diferencias. Para empezar, estaba situado en un alto promontorio y sus escasas calles eran muy empinadas. Prácticamente no había ningún cultivo ni ganado a su alrededor, lo que hacía pensar que su población era más bien escasa. La muralla exterior estaba muy cerca de la interior, lo suficiente para que hubiera una estrecha calle con un par de casas a cada lado. Las viviendas eran simplemente eso, viviendas, ninguna parecía albergar algún tipo de negocio o de taller para los artesanos; al parecer solo había una herrería que se hallaba en el muro interior, en el patio de armas. La torre del homenaje estaba situada en lo más alto del promontorio, y era bastante alta; seguro que desde allí arriba se podía atisbar la gran mayoría de la baronía de las Tierra Altas. Todo ese lugar parecía destinado a la defensa del territorio, tal vez era el cuartel general de la región, o el último baluarte ante un poderoso ataque.

Para desplazarnos hasta allí, elegimos el Camino del Trueno y detenernos antes a una hora a pie, así evitaríamos asustar a los residentes. Según los buenos modales de don Penlarvo, nos presentamos con la verdad por delante, diciendo claramente quiénes somos y nuestra intención de hablar con el barón de esas tierras. No obstante, los guardias nos negaron el paso informándonos que el barón se hallaba fuera del castillo y que volvería al finalizar el día.

Así que, por enésima vez, nos tocó volver a esperar a la nobleza, que se presentó al atardecer.

–Disculpe mi atrevimiento –dijo don Penlarvo, saliendo al encuentro del barón–, mas hemos estado esperándole toda la jornada para poder hablar con usted.

El barón nos observó desde encima de su caballo, con su barba canosa y su porte recio. Tampoco viajaba solo, un consejero suyo lo acompañaba y varios soldados los escoltaban. Todos iban armados con espadas y escudos, ataviados con una cota de malla corta protegida por un chaleco de cuero con el emblema de la baronía.

–Vosotros debéis ser los extranjeros, ¿no es así? –inquirió de mala gana el consejero.

–Así es, distinguido señor –asintió el adalid.

–Me alegra veros –se apresuró a decir el barón, levantando una mano en señal para que su consejero se contuviera–. Pensaba que erais solo un rumor.

–Nuestro honor nos impide abandonar estas tierras mientras nuestra deuda con su gente siga sin saldarse. Por este motivo hemos acudido a su encuentro con tal de pedirle una audiencia.

–Haré más que eso, me gustaría que me acompañaseis en la cena de hoy. Así tendremos tiempo de charlar con calma.

–Será un honor, señor.

El barón espoleó su montura y toda la comitiva entró en la fortificación. Cuando estuvieron a una distancia respetuosamente prudencial, les seguimos.

–¿Zoy la única que tiene un ma' pá'pito? –murmuró Zurinanda.

–¿Te respondo? –bromeé.

–No estaría de más. Suele tener buen ojo para estas cosas –siguió Halcón.

–Sinceramente, no veo problema alguno en su ofrecimiento –

expliqué–. Sin embargo, no estoy tranquilo; aunque no sé por qué.

–Los hilos del destino tiemblan ante nuestro paso –se mofó Izz.

–Miremos la parte positiva: si nos lo trabajamos bien, además de comer como la Trinidad manda, podríamos llegar a dormir en una cama de verdad –observó Tharan.

–¿Insinúas algo? –le preguntó Halcón.

–No te quejes tanto, Tharan –le defendió Izz–. Halcón cocina bien… para ser hombre.

El arquero le dedicó una mirada amenazante a la sonriente y burlona maga.

–Tampoco nos confiemos demasiado. Mejor ser prudentes y andarnos con cautela –nos advirtió don Penlarvo.

Una vez en la torre del homenaje, nos llevaron al gran salón donde se celebraría la cena. En el centro se hallaba una gran mesa, que podría albergar perfectamente a veinte comensales. Las paredes estaban decoradas por viejos tapices descoloridos que representaban diferentes zonas de Lirania: algunas las reconocíamos, como la Espesura Impávida o Cuatro Caminos; otras, no, pero nos hicimos una idea de cómo era Celador Sempiterno.

Dejamos las armas y el resto del equipo en un rincón, lejos de la mesa y de los ojos curiosos. Estuvimos solos el tiempo suficiente para acicalarnos medianamente antes de que empezaran a llegar los demás comensales; aunque no al gusto de la maga, que nos recodaba que nos iría bien un poco de aseo personal ya que llevábamos dos semanas viviendo como bárbaros. Los primeros en comparecer fueron la esposa del barón –una dama ya entrada en años– y sus dos hijos –un chico de casi mi edad y una niña de mejillas sonrosadas–. Se mostraron curiosos acerca de nosotros, especialmente el chico, que ya lucía los aires de superioridad típicos de un noble.

Los siguientes en aparecer fueron el senescal y su mujer. Estos se mostraron reticentes a entablar alguna conversación con nosotros, y solamente se limitaron a intercambiar algunas palabras con la baronesa mientras hacíamos tiempo para que el barón y su capitán se personasen en la sala, lo que fue en breve.

–Ya he dado la orden para que nos sirvan la comida –dijo el noble amistosamente–. Podemos sentarnos.

Cuando el barón y la baronesa tomaron su asiento –Tharan cogió a Zurinanda por la mano para evitar que se sentara antes y se saltara el protocolo–, nos acomodamos al otro lado de la mesa, uno al lado del otro, de izquierda a derecha: Zurinanda, Tharan, yo, don Penlarvo, Izrileth y Halcón.

–Díganme, nobles extranjeros, ¿de dónde provienen y qué les ha traído a estas tierras? –preguntó el barón.

Don Penlarvo hizo un breve resumen sobre lo que nos había sucedido, sin entrar en detalles del naufragio ni mencionar al kraken. Tampoco explicó mucho cómo nos ayudó la gente de Abrabuey, y no dijo nada sobre nuestros enfrentamientos con los exactores, el barón de Cuatro Caminos y el legatario espadachín. El noble escuchó con interés el relato, mientras le servían la comida. Aun así, tenía sus dudas.

–Antes, cuando nos hemos conocido en la barbacana exterior, habéis mencionado que vuestro honor os impedía abandonar Lirania sin antes saldar una deuda con una gente. ¿Qué tipo de deuda es esa?

En esos momentos, los sirvientes nos ofrecían a cada uno de nosotros un cuenco con un potaje caliente y bastante consistente. Tenía buena pinta y olía aún mejor; así que me abstraje de la conversación, cogí el cuenco, agarré mi cuchara y la hundí en caldo. Y una especie de extraña sensación de peligro recorrió todo mi espinazo.

–Está envenenada –dije mientras seguía mirando el cuenco.

Se hizo el silencio y el ambiente se tensó críticamente.

–No joda' –espetó Zuri con el cuenco a un dedo de su boca–. ¿E'tá' zeguro?

–Completamente. –La verdad es que era mi intuición quien me lo decía–. Pero solo los nuestros.

Don Penlarvo se levantó visiblemente enfadado, amenazante; pero el barón fue rápido en responder.

–¡Les juro que yo no tengo nada que ver con esto!

–Si no ha sido por su mano, ¿quién lo ha decidido?

–Les prometo que lo averiguaré y que castigaré al responsable como es debido.

–Déjeme que me encargue yo de eso –intervino Izz, mostrando un dedo amenazantemente envuelto en llamas.

Mientras los ánimos se caldeaban, y Zuri miraba con pena su potaje envenenado, yo seguía observando mi cuenco. Habíamos entablado una especie de diálogo entre los dos, nunca antes me había sucedido; seguramente era cosa del entrenamiento que me había hecho seguir Izz.

–Ha sido el senescal –dije, aún a media conversación con mi comida.

Mis palabras fueron el detonante para que Halcón saltara encima del ayudante del barón, que lo tenía sentado justo delante. Lo tumbó de un golpe para enseguida cogerlo por brazos y piernas.

–No pienso arriesgarme a que use algún objeto mágico.

–Has hecho bien –elogió Izz.

El barón se levantó, mirándolo con desprecio y decepción.

–Dime, ¿por qué lo has hecho?

–Lo sabe muy bien, señor. Como sabe que es la única solución –

fue la respuesta del senescal.

–No opino lo mismo. Aún hay esperanza, y más si ellos están aquí. –Se giró hacia don Penlarvo–. Quería conoceros mejor antes de pediros ayuda. –Suspiró–. Ordenaré que preparen una cena nueva y que el senescal sea encarcelado. Entretanto, les explicaré la situación de Lirania.

XXIV

Saber cómo el senescal se las ingenió para poner el veneno únicamente en nuestros cuencos, fue fácil. En ese castillo tienen la costumbre de que cada comensal tiene su propia vajilla: una para los barones, otra para el senescal y su señora, otra para el capitán…, y una para los invitados. Así que únicamente tuvo que verter el polvo del veneno en la base del cuenco para que se mezclara con el potaje cuando este fuera servido. El misterio a resolver era el porqué, y a eso se dedicaron a averiguar el barón, don Penlarvo y el capitán de la guardia, que ya habían encarcelado al senescal y puesto bajo vigilancia a su esposa.

No les hizo falta mucha persuasión para que el conspirador hablara, más bien lo hizo por su firme creencia de que había hecho lo correcto; y es que era un hombre de férreas convicciones. Cuando regresaron con la información, la cena volvía a estar lista, esta vez libre de cualquier ponzoña, y el barón nos hizo un breve resumen de lo que había sucedido tiempo antes:

–Hace algo más de tres décadas, un grupo de legatarios llegó a Lirania con la intención de convertirse en los nuevos dueños. El conde anterior les plantó cara y fue a su encuentro acompañado por los cuatro barones y varios caballeros. Se creían invencibles ya que las leyendas cuentan que en las armas de los altos nobles reside el poder de Lirania.

»Sin embargo, los invasores derrotaron a la resistencia, dando muerte a todos los caballeros, al barón de Gelidana y al mismísimo conde. Eso es lo que me contó mi padre, que en paz descansa; yo solo era un chaval en esa época.

Permanecimos en silencio durante un rato mientras digeríamos la nueva información y cenábamos un poco. Aun así, teníamos muchas dudas acerca de esa historia.

–¿Cómo llegaron hasta aquí los legatarios? –Tharan fue el primero en preguntar.

–Por mar. Atracaron en Puerto de Lirania, recto al oeste. Su barón, el del Litoral Sumadeno, es el único que sigue con vida de los que presenciaron aquel fatídico día. Ahora es un anciano que se dedica a observar las estrellas y consultar viejos libros.

–¿Qué supuestos poderes tienen esas armas? –se interesó Izrileth.

–Únicamente sé que esas armas solamente las pueden empuñar los que sean dignos de ellas, pero mucho me temo que sus poderes reales han caído en el olvido. –El barón suspiró apenado–. Ahora todas están en manos de los usurpadores.

–¿Y qué sucede con el heredero del conde? –inquirió don Penlarvo.

–Es un hombre de mi edad, corrompido y dominado por las malas artes de los legatarios.

–Regresando a la cuestión que nos ocupa. ¿Cuál es la esperanza que representamos?

–El conde actual es solo una marioneta en manos del enemigo. El barón de la Ribera del Gelidana fue nombrado por los legatarios, desconozco su origen. El de la Meseta Septentrional hace tiempo que perdió toda esperanza y se ha rendido ante la situación actual. Solamente el del Litoral Sumadeno y yo mismo seguimos creyendo que todavía podemos alzarnos con la victoria, pero nos es imposible vislumbrarla.

–¿Y dónde encajamos nosotros? –preguntó Halcón.

–Sois fuertes y capaces, además de tener coraje y honor. Sois lo que falta en Lirania, sois la gente perfecta para plantar cara a los usurpadores y recuperar las antiguas armas.

–Po' lo que dice', quiere' que hagamo' zu trabajo, ¿ve'da'? –

intervino Zurinanda.

–Y así lo haremos, seguimos en deuda con esta gente –sentenció don Penlarvo.

–Pero, realmente, queríamos esclarecer lo del Tributo –apuntó Tharan–. ¿Sabe por qué lo hacen?

–Lo desconozco –respondió el barón encogiéndose de hombros y negando con la cabeza.

–Creo que tengo una idea del porqué –interrumpió Izrileth–. Si estas armas son tan poderosas como parece, seguramente eligen a su dueño. Entonces, los legatarios buscan a alguien a quien puedan dominar y que sea capaz de desatar su poder.

–Y los niños son más influenciables que los adultos –añadió Halcón.

–Máspuc, el barón del Sumadana, cree que las cinco armas están en Celador Sempiterno bajo una fuerte vigilancia. Y así seguirán hasta que los usurpadores encuentren a alguien a quien poder engañar para que las usen en su nombre.

Continuamos hablando un rato más, esclareciendo detalles sobre dónde y cómo podríamos recuperar dichas armas mágicas, sin llegar a ninguna parte en concreto. Al terminar, el barón nos ofreció una vieja estancia destinada a las visitas, pero se veía claramente que hacía tiempo que nadie las usaba. Sin embargo, por el camino vimos un pequeño cuarto costurero, lo que le inspiró una idea a Izrileth:

–Zurinanda, ¿quieres ropas de tu talla? –Y es que Zuri aún mal vestía con las ropas de segunda mano que compramos en Punta de Eren–. Si el barón me da permiso y tenemos las telas y cueros adecuados, mañana mismo podrías tenerlo.

Nuestra tesorera aceptó a regañadientes, ya que su orgullo le impedía aceptar la caridad de la maga; pero la necesidad era evidente. Sus ropas de mala calidad no se ajustaban a su menudo cuerpo, holgando por todas partes, haciéndola parecer un saco de arpillera medio vacío.

Con el permiso del barón, las dos damas se quedaron en esa habitación. Encontraron tela suficiente, pero Izz también quería cuero para darle cierta protección. El noble nos indicó dónde podríamos encontrarlo y Halcón, muy voluntarioso, se ofreció para traerlo.

Cuando este volvió, únicamente encontró a la maga trabajando con una de las telas.

–Zuri ya se ha ido a dormir, solo necesitaba tomarle las medidas –dijo sin apartar la vista de la tela–. Deja el cuero en el suelo.

Halcón dejó el fardo en un rincón de la habitación, mirando con curiosidad la pequeña estancia. Además del mueble costurero, que era lo más prominente y estaba muy bien equipado, también había una butaca de mimbre acolchada con unos sencillos cojines; a su lado se encontraba una pequeña pero funcional cama. Finalmente, los ojos del arquero se posaron sobre la maga, que se había descalzado y seguía concentrada en su trabajo con las tijeras.

–Tengo curiosidad, ¿cómo le has tomado las medidas? No veo donde las has anotado, ni que uses algún patrón, ni nada.

Izz levantó la mano pidiéndole que esperara un momento. Luego, soltó las tijeras y ellas solas siguieron con el trabajo.

–¿Ves eso que hay al lado de las tijeras? –señalaba a un piedra pulida de color amarillento–. Es una gema costurera. Tomo las medidas con ellas y luego se encargan de hacer trabajar los instrumentos. Tengo varias, así puedo hacer más de una pieza a la vez.

–Magia, como siempre, tendría que haberlo adivinado. –Halcón sonrió ampliamente–. ¿Por qué lo haces?

–Le caigo medio mal a Zuri, tal vez así me gane un poco de su confianza. Además, nadie le hará la ropa que necesita.

–Es buena chica, pero ha tenido una vida muy dura. –Halcón hizo un ademán de irse–. ¿Necesitas algo más?

–No, gracias, ya puedes irte… y date un baño –respondió Izz a modo de broma.

Halcón cerró la puerta, pero no se había ido.

–Afeitarme, bañarme… Soy un hombre sucio y maloliente –El arquero la sonrió–. Aunque tú también necesitas un baño. Nadie ha tomado un baño durante todo el entrenamiento.

Izz se limitó a sonreírle mientras él iba acercándose cada vez más. Sus miradas se cruzaron. Ella le sonrió, desafiante y picarona. Él aceptó el reto, apartándole dulcemente el cabello de su rostro con una suave caricia. Y de la caricia pasaron a los besos, y de los besos, a la pasión, a la que dieron rienda suelta en la cama que allí había.

Y al terminar, extenuados por el frenesí del deseo, abrazados el uno con el otro, una imagen, una idea, un recuerdo, cobró vida dentro de la cabeza de Halcón.

–¡Coño! Ya recuerdo de qué te conozco.

Izrileth lo miró desconcertada, sin saber ni comprender de qué estaba hablando, mientras las gemas costureras seguían haciendo su trabajo.

XXV

A la mañana siguiente, a medida que nos despertamos, nos fuimos al patio de armas a realizar nuestros ejercicios matutinos. Como ya no hacía falta que alguien nos supervisara, cada uno los hizo por su cuenta, además, los de Halcón, Zurinanda y los míos eran más cortos que los de Tharan, don Penlarvo e Izrileth, que, por cierto, aún no se había levantado.

Al terminarlos, Halcón vino a buscarme para hablar conmigo. Parecía nervioso y algo inquieto, lo cual era muy extraño.

–Oye, Hassel –me hablaba en voz baja, como susurrando–, creo que ya recuerdo de qué conozco a Izz. ¿Puedes «visionarlo» para asegurarlo?

–Sí, claro, siempre que me des una referencia que me sirva de guía –le respondí con el mismo tono de voz.

–Es que no quiero que el jefe se entere. –Refiriéndose a don Penlarvo, así le llamaba coloquialmente–. Es para evitar meter la pata.

–Entiendo, no le diré nada hasta que estemos seguros.

–Te cuento, hace algunos años…

–¡Buenos días, chicos! –nos saludó la enérgica y sonriente maga, pillándonos por sorpresa–. Voy a hacer mis ejercicios matutinos. –Luego saludó a Zuri y le dijo que ya lo tenía casi hecho.

Cuando Izrileth estuvo a una distancia prudencial, Halcón volvió a susurrarme, pero, antes de que pudiera pronunciar alguna palabra, don Penlarvo nos interrumpió:

–Ahora iremos a desayunar. Debemos aprovechar la mañana para organizar con esmero nuestro próximo movimiento.

Así que no tuvimos ninguna otra opción que no fuera obedecer al adalid y disfrutar del desayuno.

La mañana pasó demasiado lenta para mí. Don Penlarvo, Halcón y Tharan, junto con el barón, estuvieron debatiendo los pros y los contras, así como las posibilidades y teorías, de cómo entrar en Celador Sempiterno y recuperar las armas de la forma más eficaz. Eché una mano, pero mis poderes eran insuficientes para visionar qué podría suceder o dónde estaban exactamente las armas.

Las muchachas estuvieron hasta el mediodía ocupadas con sus menesteres. Primero, Izz obligó a Zuri a darse un baño, que si no iba limpia, no le daría la ropa; aunque la maga también aprovechó para lavarse y perfumarse. Luego se encerraron en el cuarto costurero para dar los últimos retoques a las nuevas vestimentas.

Si piensas que podía haber usado mi poder para saber qué me quería decir Halcón, te equivocas completamente. Como sabes, soy vidente, pero no soy adivino, y sólo puedo saber lo que sucederá, sucede o ha sucedido; es decir, que si respondo la pregunta de Halcón antes de que este la pregunte, entonces nunca la preguntará, y si no la pregunta, no podré «ver» la respuesta a la pregunta. No sé si me entiendes, pero vamos, que no se puede hacer.

Por suerte, al final llegó al mediodía y nos reunimos para almorzar, momento en el que vimos a Zurinanda lucir sus nuevas ropas. Izrileth le había hecho un pantalón de cuero negro muy bien entallado que no le restaba movilidad, y también una sencilla blusa de lino que llevaba debajo de un jubón también de cuero negro; el calzado y la ropa de abrigo tenían que seguir siendo los mismos, pero al menos ya se parecía más a una joven muchacha que a una pequeña pordiosera.

De todas formas, ni Halcón ni yo encontramos el momento adecuado para hablar a solas sin levantar sospechas antes de sentarnos en la mesa. Así que, una vez más, no hubo otro remedio que esperar. Aunque no fue tiempo del todo perdido.

Compartimos la mesa con el barón y su familia. Su curiosidad hacia los extranjeros en general, y más específicamente hacia nosotros, era como la de un niño con los colores, y nunca terminaban de hacer preguntas. Pero quien más curiosidad despertaba, era Izrileth, ya que nunca habían conocido a nadie que pudiera manipular el Éter como lo hacía ella, y sin ser legatario.

–Cuando terminamos los estudios básicos, la escuela está obligada a darte una licencia expedida conjuntamente con los Guardianes. –Les explicaba con gran paciencia y sin borrar la sonrisa de su cara–. Sin ella, usar la magia sería un delito; aunque eso no evita que la gente te mire con recelo, en el mejor de los casos.

–¿Puedo verla? Es solo por curiosidad –solicitó el barón.

–Por supuesto. Siempre la llevo encima. –De su pequeña cartera, sacó el mismo papel metálico que mostró a don Penlarvo en nuestro primer encuentro.

–¡Nunca había visto nada igual! –exclamó mientras lo examinaba–. ¿Y son todos así?

–Sí, solo varían las marcas de la escuela y la especialidad.

–La verdad es que yo tampoco he visto nunca una licencia –dijo Tharan.

–Ni llo –añadió Zurinanda.

El barón, cuando terminó de examinarla, me pasó la licencia mágica para que se la diese a Tharan. Me fijé en ella momentáneamente. Únicamente había visto otra con anterioridad, la de una geomante elmarantina que nos ayudaba en las cosechas, y eran idénticas, sin contar las marcas de la escuela y la especialidad. No obstante, al tocarla, la misma sensación que tuve con el cuenco envenenado recorrió mi cuerpo; más que la misma, una muy parecida, pero era de alerta. Sin embargo, preferí mantenerme en silencio ya que creí que, tal vez, solo era debido a su naturaleza mágica.

El resto del almuerzo transcurrió con normalidad y con aún más preguntas por parte de los nobles. Al terminar, don Penlarvo nos explicó el plan:

–Iremos hasta Aguas Altas, al oeste de aquí, con un salvoconducto expedido por el barón. Así mismo, también nos entregará una orden firmada para que nos presten un bote para navegar río abajo durante la noche y así poder asaltar la fortaleza y recuperar las armas. Mas partiremos del castillo al atardecer, aprovechad para hacer una buena siesta, pues la noche será larga.

Y así lo hicimos, pero Halcón y yo por fin encontramos el momento adecuado para retomar la conversación pendiente:

–Verás, como te quería decir antes, te explico cómo la conocí, a ver si lo puedes asegurar –seguía susurrándome aunque estuviéramos al lado de las letrinas y nadie se acercara–. Es que hace mucho tiempo y tal vez me confunda, por eso quiero asegurarme.

»Sucedió hace ya muchos años, como unos veinte, cuando yo era pequeño y aprendía el oficio de mi padre, que era un guardabosques al servicio de un importante barón al norte de Tiragad. Pues yo le acompañaba cuando salía a trabajar y me acuerdo que más de una vez visitábamos una taberna de un pueblo cercano al castillo de su señor. ¿Me sigues?

Asentí, atento a lo que pudiera contarme.

–Pues en una de esas visitas, en esa taberna, había mujeres hablando entre ellas. Bueno, las había muchas veces, pero esas eran distintas a las habituales, tenían clase. Una era la baronesa, la otra nunca lo supe, hasta hoy.

–Creo que con esto tengo suficiente. Ahora me pongo a ello.

Era un salto importante hacia atrás que requería mucho esfuerzo, así que busqué un lugar próximo y tranquilo donde sentarme y concentrarme en la visión. Lo primero era llegar a un punto próximo, así que busqué entre su infancia. Luego descarté todos los momentos en que no acompañaba a su padre. De estos, me quedé con los que coincidían con algo parecido a una taberna, para después encontrar el momento exacto que me describía Halcón.

La taberna era un lugar oscuro y bastante calmado, había poca gente y solo deseaban descansar. Cerca de la entrada, el pequeño Halcón permanecía de pie al lado de un hombre que, al igual que su hijo, habían estado en el bosque durante varios días. Los dos tenían la vista fijada en la barra. Allí se encontraban de pie tres mujeres, no, dos mujeres hablando y una niña a su lado. La pequeña, que se había fijado en los recién llegados, era la hija de la baronesa y la futura esposa de Halcón. La baronesa, que parecía una docena de años mayor que su interlocutora, conversaba con una bella mujer de melena rubia ondulada y larga hasta media espalda, y que vestía un corto vestido blanco sin costuras y calzaba unas altas botas hasta la rodilla. Me centré en ella para verla mejor, y me esforcé para oír qué decían para estar más seguro. Pude escuchar una frase de la baronesa: «tienes que decirme cuál es tu secreto para estar siempre tan joven». Luego pude ver la cara a la mujer del corto vestido blanco. Sin duda alguna, conocíamos a esa mujer de hace veinte años atrás. Lo que me sobresaltó y me sacó de mi visión.

–¿Y bien? –preguntó Halcón al verme abrir los ojos.

Respiré hondo, estaba cansado, las visones lejanas eran bastante agotadoras, y gracias al entrenamiento, pude tolerarlo con cierta soltura. Sin embargo, mi estupor seguía negando lo que mi intuición aseguraba que era cierto, y mi intuición nunca me falla.

–Parece que no envejece, está igual, es increíble. –Tomé aliento bajo la atenta mirada del arquero–. No tengo dudas, esa mujer que recuerdas es nuestra maga y compañera Izrileth.

XXVI

–Itro Kusora.

Bien entrado el atardecer, y tal como lo teníamos planeado, abandonamos Malmonari para dirigirnos a Aguas Altas. Tuvimos que hacer un alto para sortear el pueblo de Dos Aguas, pero no representó ningún inconveniente ya que lo teníamos previsto.

Ni Halcón ni yo habíamos explicado nada a nadie sobre nuestro descubrimiento, aunque yo tampoco le había contado que la licencia de Izrileth era falsa. Sin embargo, mi intuición seguía diciéndome que, a pesar de todos sus secretos, no era mala persona; o tal vez era que su belleza me había cautivado y me negaba a creer lo contrario. Fuera como fuese, decidimos seguir confiando en nuestra compañera, sin dejar de estar alerta.

En el momento de llegar al pueblo, fuimos en busca del alcalde con el salvoconducto y las órdenes del barón. Nos dijo que tardarían una media hora en prepararlo todo, pero que su señora nos daría algo de comer para distraer el aburrimiento y el hambre.

Pasado ese tiempo, y con un poco de embutido casero en el estómago, el alcalde nos vino a buscar para llevarnos al embarcadero. Sin embargo, no era una barca lo que nos esperaba allí.

–Lo siento, pero no me dejaron elección –murmuró el alcalde a modo de disculpa.

Era algo de esperar y, en cierto modo, lo esperábamos, pero esta vez eran dos.

Por un lado estaba el mismo legatario espadachín, con su tez pálida y su melena dorada, larga y lisa. Sus ojos claros nos estudiaban como el gato que vigila su presa, y sus gestos gráciles advertían que estaba alerta y preparado para entrar en acción. Seguía vistiendo el conjunto negro con escamas de color índigo, a juego con su oscura capa azul marino y el estoque ornamentado de aura azulada.

–Ardía en deseos de volverme a encontrar con vosotros, *sinfegil* – fue lo primero que nos dijo, a modo de amenaza–. Y ahora terminaremos el trabajo.

Quien le acompañaba era una mujer tan alta como él, y su piel clara, sus rasgos hermosos y las orejas puntiagudas que se escondían entre sus dorados, lisos y largos cabellos que le llegaban hasta la espalda, delataban que también era una legataria. Llevaba un fino vestido largo de un carmesí oscuro, sin costuras y entallado que hacía resaltar su delgada y esbelta figura. Y sus ojos claros mostraban la infinita seguridad en sí misma, ya que la única arma que vimos era una daga enjoyada que colgaba de su fino cinto.

Pero no nos dijo nada. Simplemente, sonrió.

–Déjamelos a mí –dijo con tono burlón el espadachín–. Tenemos algo pendiente. –Y con esta frase, se lanzó al ataque.

Su primer objetivo fue don Penlarvo. El enemigo era consciente de que nuestro adalid era el único que podía estar a su nivel y frustrar sus estocadas. Además, el embarcadero era un lugar más estrecho que la plaza mayor de Entrebosques, con lo cual sería difícil intentar flanquearlo. Sin embargo, don Penlarvo tenía un as escondido en la manga

–*Karu Tegula.*

Su montante refulgió, ganando rapidez en las acometidas, permitiendo competir en velocidad con su contrincante. Aun así, esto solo serviría para mantenerlo a raya, ya que el poder del enemigo iba más allá de una simple esgrima. Era el momento de sacar lo mejor de nosotros.

Tharan se puso a la derecha de don Penlarvo, situando su escudo en el medio para protegerlos a ambos. Halcón retrocedió hasta ponerse a una distancia apropiada para manejar su arco con precisión, ya que era fácil para el largo estoque enemigo mantener alejados los ataques de su espada corta. El mismo problema tendríamos Zurinanda y yo, pero Izrileth hizo gala de su astucia y, poniéndonos una mano en el hombro, formuló su «*Zaptro Kusora*».

Estuve desorientado un instante, pero al ver a la ligeramente asombrada legataria a dos palmos de mí, la adrenalina se me disparó, obligándome a sobreponerme. Izz nos había teletransportado detrás del espadachín, aunque nosotros también le dábamos la espalda. Sin vacilar, nuestra maga se encaró para controlar a los dos legatarios, mientras Zurinanda sacaba su daga, dispuesta a emplearla contra cualquiera de ellos, pero Izz nos hizo unas leves señas para indicarnos que Zuri atacara al espadachín y que yo me ocupara de la enigmática y muda enemiga.

La legataria me miraba con una sonrisa entre socarrona y condescendiente, cómo si todo aquello, incluyéndome a mí y a mi espada corta, no fuera con ella. Tampoco tenía intención de provocarla, tenía mis serías dudas sobre si podría pararle los pies. Mientras estuviera quieta, me limitaría a vigilar.

Quien parecía dominarlo todo era el espadachín que, a pesar de haber aparecido a sus espaldas y tener a tres hombres fuertes plantándole cara, rápidamente se dio cuenta de nuestra nueva posición, y tomó medidas al respeto. Extendió su mano libre hacia atrás y pronunció:

–¡*Katro Criota*!

El proyectil helado impactó en el estomago de Izz, haciéndola tambalear con el impacto. El golpe había sido directo, pero la maga estaba protegida ante esos ataques y su vestido refulgió con un tono azulado. Todo eso hizo que la legataria sonriera divertida, sin ninguna intención de ayudar a su compañero, por suerte nuestra.

La lucha continuó ahora con Zuri en la retaguardia. La ratera lanzó un rápido ataque que el legatario, manteniendo la distancia con don Penlarvo y Tharan, consiguió esquivar para luego darle una coz en el estómago, lo que hizo que la muchacha se doblara de dolor, cortándole la respiración. Oportunidad que el escudero aprovechó para golpearle el estoque con su escudo, desviándolo de su trayectoria, mientras el adalid daba un paso a su izquierda justo en el instante en que una flecha surcó el aire, impactando en el brazo libre del espadachín, que maldijo en su idioma. Acto seguido, y con toda la intención de vengarse, lanzó una rápida estocada que Tharan volvió a desviar con su escudo, interponiéndolo de tal manera que ocultaba al enemigo su siguiente movimiento, tal vez un tanto rastrero, de clavarle su espada ancha en el pie. Y este, sin acabar de comprender cómo lo habían hecho, y estacado contra el suelo, vio cómo la hoja del montante de don Penlarvo describía un amplio círculo horizontal a la altura de su cuello. Un instante después, la legataria borró la sonrisa y la burla de su rostro al ver cómo la cabeza de su compañero caía en el agua.

Nos encaramos hacia ella, dispuestos a someterla sin ningún reparo; pero ella tampoco perdió el tiempo. Levantó su mano, haciéndola brillar con un color azulado para seguidamente bajarla con la palma hacia el suelo, como si fuera a golpearlo.

−¡*Terue Arkino*!

La energía saltó al suelo de madera, haciéndolo temblar con violencia. A duras penas nos mantuvimos en pie, pero el muelle no pudo soportarlo y se colapsó, cayendo al agua junto con nosotros.

–*Retu Kusora.*

Sin embargo, la hechicera legataria desapareció ante nuestros ojos.

Conseguimos salir del agua sin mucha dificultad, ya que solo nos llegaba hasta la cintura, lo cual fue una suerte para los tiragadianos, que llevaban puestas sus armaduras. Habíamos conseguido una media victoria a cambio de una mala noticia, pero eso no hacía mermar el espíritu de nuestro adalid.

–Continuaremos con nuestro plan, una vez nos hallemos secos.

XXVII

La noche prometía ser fría y no era buena idea seguir adelante con las ropas mojadas, así que el alcalde nos ofreció su casa para que pudiéramos tenderlas ante la hoguera, lo cual llevaría su tiempo, a pesar de que Izz decidió usar uno de sus hechizos para poder ir más deprisa –con las suyas no lo hizo ya que ni siquiera necesitaron tenderse para volver a estar secas–. Durante la espera, el alcalde y su mujer nos explicaron que habían raptado a sus hijos con la amenaza de que si no avisaban cuando llegásemos, nunca los volverían a ver. También sospesamos los pros y los contras de seguir adelante con el mismo plan, pero visto que pudimos vencer a uno y hacer retirar al otro, decidimos seguir adelante a pesar de los posibles riesgos.

A media noche embarcamos en un bote y bajamos silenciosamente por el Sumadana. Era una noche oscura, sin luna, y desconocíamos por completo cómo era el recorrido del río. Tuvimos que ir con mucho cuidado para evitar embarrancar con las orillas y mantenernos en la zona segura del cauce. Por suerte, gracias a don Penlarvo y a Tharan, que habían crecido entre barcas, y al buen ojo de Halcón, pudimos llegar a nuestro destino sin sufrir ningún contratiempo.

Celador Sempiterno se levantaba encima de un islote rocoso en el medio del río. Su silueta se recortaba contra el cielo estrellado dejando entrever su gran muralla con sus torres de defensa que medio ocultaban la parte superior de la torre del homenaje y el torreón que había a su lado.

Atracamos en una pequeñísima orilla llena de piedras, a escasos pasos de la base de la muralla. Halcón fue el primero en desembarcar para ayudar a bajar a las damas y a mí. Don Penlarvo y Tharan, acostumbrados a viajar en botes, lo hicieron de un salto. Una vez en tierra firme, nos pusimos las armaduras y nos ceñimos las armas.

–E' enorme… –musitó Zurinanda contemplando la muralla de casi doce metros de altura.

–Y parece que no está vigilada –añadió Halcón.

–Subiré yo primero y me aseguro –se ofreció Izrileth cogiendo la soga que habíamos traído.

La maga alzó el vuelo con su ya conocida gracia, hasta sobrepasar la muralla y posarse con suavidad en el camino de ronda, vigilando atentamente a su alrededor para que nadie la sorprendiera. A continuación aseguró la cuerda en una de las almenas y nos arrojó el otro cabo. El primero en subir fue Halcón, seguido por Zuri y luego Tharan, todos con una gracia felina. Luego fue mi turno, sintiéndome como un impedido a su lado –nunca me había gustado trepar, y ni tenía experiencia–. Y el último en subir fue don Penlarvo, que contempló la fortificación desde allí arriba:

–Es comprensible el porqué no hay vigilancia alguna –murmuró.

El muro que acabábamos de trepar cercaba una llanura alargada lo suficientemente grande para albergar a cualquiera de los pueblos que nos habíamos encontrando, pero se hallaba completamente vacía. Nosotros estábamos en un extremo, y en el otro extremo se divisaban las dos torres principales dentro de otra muralla interior.

–Lo rodearemos por el adarve –arregló don Penlarvo.

Seguir por encima de la muralla nos permitía vigilar los movimientos de los supuestos guardias que supuestamente estarían vigilando, aunque tampoco vimos a ninguno. Además, si nos encontraban en el medio de ese descampado, no tendríamos adónde huir ni cómo protegernos.

La muralla de la explanada tenía tres barbacanas: una en el norte y otra en el sur, que custodiaban el camino principal que atravesaba la llanura que conectaba a las distintas regiones del condado; y otra al oeste, que daba acceso al castillo en sí. Las que cuidaban el camino estaban sin vigilancia, ni siquiera habían cerrado el rastrillo ni subido el puente elevadizo; más bien parecían abandonadas. Aunque la del oeste sí tenía un guardia, uno solo, que parecía dormido. Pero nuestro camino no pasaba por su lado, y la conexión entre ambos muros, que se hacía a través de una torre de vigilancia, estaba cerrada, con lo que tuvimos que volver a trepar.

El siguiente problema era superar la muralla interior, que además de ser más alta, sí estaba vigilada por varios soldados que patrullaban por el adarve. Eran pocos, pero con que uno solo diera la alarma, hubiera sido suficiente para frustrar nuestros planes. Además, aún desconocíamos el paradero de las armas de los nobles, con lo que nos vimos obligados a capturar a uno para interrogarle.

El plan era simple: Halcón colgaría la cuerda para luego empezar a trepar al instante –era nuestro mejor escalador– y le seguiría Zuri sin esperar a que llegara arriba –su poco peso no representa ningún inconveniente–, mientras tanto, Izz volaría para alcanzarles y darles apoyo por si la cosa se ponía fea. Una vez arriba, y mientras Tharan subía, Halcón y Zuri reducirían al primer guardia que encontraran, y si este oponía demasiada resistencia, Izz entraría en acción. Todo salió a pedir de boca, y cuando todos estuvimos arriba, le interrogamos; aunque no esperábamos esa respuesta:

–Nos han ordenado que os dijéramos que os esperan en el torreón. Las armas también están allí.

Después de dudarlo un poco, decidimos que lo mejor era dejar inconsciente al pobre guardia e ir a comprobar si lo que nos había dicho era verdad. De todas formas, era nuestra mejor pista.

El torreón era una edificación circular de importantes

dimensiones, de construcción férrea, muy sólida en apariencia, de gruesas paredes inexpugnables, con muy pocas aspilleras y alguna ventana en lo alto; y también cumplía las funciones de torre de hechicería. Lo que explicaba que a medida que me acercaba, iba creciendo una extraña sensación que recorría mi ser.

–Lo que sientes solo son las corrientes de Éter que vibran a su alrededor– me susurró Izrileth, sonriente y tranquilizadora, al advertir que me estaba poniendo más nervioso de lo debido–. Tú, al igual que yo, eres sensible a estas fuerzas de la naturaleza y puedes percibir sus alteraciones.

Aún así, eso tampoco me tranquilizaba mucho. Era una sensación extraña que también afectaba a mi instinto, que al serenarme, me di cuenta que la certeza sobre el futuro se difuminaba, lo que me inquietaba aún más. En ese momento empecé a comprender hasta qué punto dependía de mi don.

La entrada estaba sin vigilancia, era una puerta doble de robusta madera negra con finos gravados plateados. Antes de comprobar si podíamos entrar, los tiragadianos, sin necesidad de intercambiar ni una sola palabra, desenvainaron sus armas, y lo mismo hicimos Zuri y yo al verlos. Seguidamente, y sin vacilar, nos pusimos en formación, preparados para lo que pudiera ocurrir. Luego, con sumo cuidado, Tharan abrió la puerta sin que nada ocurriera.

Nos adentramos en la torre. La planta baja, donde nos encontrábamos, estaba inundada por una tenue iluminación azulada que recordaba la de las estrellas. A un lado se encontraba una escalera que recorría la pared, subiendo hasta el siguiente piso. Al otro lado había otra escalera, más estrecha, que llevaba al lúgubre sótano. En el medio, colgando de una estantería de la pared, había cinco armas que brillaban con luz propia, como si un aura mística las protegiera. Todas cinco eran hermosas, excelentemente trabajadas, exquisitamente decoradas, místicamente forjadas.

La de más a la derecha era un sable de matices azulados. Su forma curva iba acompañada por un grabado de olas marítimas que se iban mezclando con las cuatro runas que refulgían con el mismo tono azulado de la hoja. La empuñadura enjoyada seguía el mismo patrón de color, combinando con sutileza los diferentes tonos azules y turquesas en su torzal. Ese era el Sable del Litoral Sumadeno.

La otra arma de la derecha era un hacha de armas de color rojizo. La afilada cabeza lucía un grabado que representaba varias colinas y montañas entremezcladas con cuatro runas que centellaban con un carmesí intenso. El peto posterior representaba el pico de una montaña, creando así una púa afilada que complementaba su letalidad. Su mango metálico mantenía el color rojizo, aunque algo más oscuro, terminando en un mango cuyo torzal combinaba diferentes tonos de carmesí. Esa era el Hacha de Las Tierras Altas.

Al extremo izquierdo descansaba un martillo de guerra de tonalidades verdosas. En su cabeza estaba grabado el cauce de un largo río; en la parte más ancha y plana se le veía nacer entre las montañas, y en el otro extremo, en el peto, el río llegaba al mar, sorteando las cuatro runas que relucían con un intenso verde esmeralda a lo largo de su recorrido. Su mango también era metálico, de un verde oscuro, y el torzal que recubría la empuñadura recreaba los colores de las copas de los árboles. Ese era el Martillo de la Ribera del Gelidana.

A su lado se encontraba una espada ancha de tonos ocres. Su hoja resplandecía con un aura de color ocre, y su grabado mostraba extensas planicies formadas por varias mesetas, albergando una de las cuatro runas que irradiaban un vivo ocre amarillento. Su arriaz enjoyado dejaba paso a una empuñadura cuyo torzal combinaba las diferentes tonalidades de la tierra. Esa era la Espada de la Meseta

Septentrional.

Y en el medio de todas ellas se hallaba una espada de mano y media rodeada por un aura dorada. Su hoja plateada contenía seis runas que se mezclaban con grabados de montañas, ríos, mesetas y mar. Su dorado arriaz enjoyado daba paso a una empuñadura cubierta por un torzal negro del que se intuían destellos rojos, azules, verdes y ocres, rematados por un pomo cristalino que brillaba con personalidad propia. Esa era la Espada de Lirania.

–Impresionantes, ¿verdad?

La voz de tenor nos sobrecogió. Nos habíamos quedado embobados ante tales obras de arte, captivados por su belleza.

–Creo que es lo que buscáis, ¿no es así? –prosiguió la voz de tenor–. Adelante, cogedlas, no hay trampa ni cartón.

Quien nos hablaba era un legatario que lucía una larguísima melena plateada que le llegaba hasta la cintura y vestía con una bien entallada túnica rojiza bordada con finos hilos plateados y dorados. Nos observaba con sus ojos claros, sin malicia alguna en su mirada, incluso su propuesta parecía honrada.

–Mi ofrecimiento es sincero. Adelante, cogedlas –ofreció incluso con un gesto vanidoso.

Izrileth fue la primera en acercarse a las armas. Las estudió con la mirada, acercando sus manos sin atreverse a tocarlas.

–No hay ningún hechizo que las proteja –aseguró la maga.

Tharan sentía curiosidad por la espada ancha. Se acercó envainando su arma e intentó coger la otra, pero, justo cuando rozó la empuñadura, de esta brotó un chispazo que le hizo retroceder con la mano dolorida.

–Me lo temía –dijo Izz–. Estas armas solo se dejarán empuñar por sus legítimos dueños, ¿no es así? –añadió mirando al legatario con cierta tirria.

–Correcto –asintió indolentemente

–Podrías haber avisado –reprochó Tharan a Izz.

–Tenía la esperanza de que quisiera cambiar de dueño –se excusó la maga.

–Quítate esa idea de la cabeza. Estas armas están ligadas a una línea de sangre, solo la descendencia de los primeros señores puede empuñarlas –explicó el legatario.

–¿Es este el motivo por el cual raptáis a los chiquillos? –inquirió don Penlarvo–. ¿Con la esperanza de encontrar algún hijo ilegítimo que os sirva ciegamente?

–En parte –respondió el legatario–. Y también para que nos ayuden a doblegar su voluntad: estas armas no se oponen a que sean tocadas por las manos de un niño.

–Dudo que sea solo eso… –murmuró Izz.

–Entonces, necesitamos un niño para coger las armas y llevarlas a sus legítimos dueños. Bueno, cinco niños; uno solo no podría con todas las armas –apuntó Halcón–. Estamos jodidos.

–Más de lo que crees…

De las escaleras bajaron dos legatarios más, un hombre y una mujer. El varón tenía un aspecto muy parecido al del espadachín que dimos fin en Aguas Altas, también vestía una armadura parecida, pero blandía dos cimitarras que también desprendían una aura azulada. La mujer llevaba un mono negro y empuñaba dos dagas largas, iba sin capa, sin adornos y con el pelo recogido en un moño sostenido por dos agujas mates de un color rojo sangre.

–Creo que e' el momento pa' una retira'a –sugirió Zurinanda.

Rápidamente aceptamos la propuesta y pusimos pies en polvorosa.

XXVIII

Al salir, justo fuera de la torre, nos esperaba la legataria del vestido carmesí acompañada por una docena de soldados muy bien pertrechados y con ganas de mostrarnos sus armas. La cosa pintaba mal, muy mal, demasiado mal para que no lo hubiese presagiado. ¿Me lo ocultó el poder de la torre?, ¿o había alguna otra fuerza que conspiraba contra nosotros?

Don Penlarvo nos hizo unas señas indicándonos que hiciéramos un círculo, espalda contra espalda, y adoptásemos una postura defensiva. Tal vez tenía un plan en mente que mantenía celosamente en secreto; seguro que era un buen plan.

–Si alguno tiene alguna ocurrencia, por necia que le parezca, es el momento adecuado para exponerla.

Vale, pues no tenía un plan. Parecía que nadie tenía un plan.

–No olvidéis que los muros están protegidos mágicamente –nos recordó el legatario de la túnica, que había salido parsimoniosamente detrás de nosotros–. No podréis usar ningún hechizo que os saque de este castillo.

Teníamos los nervios a flor de piel, la situación era tan tensa que hasta se podría haber cortado con cuchillo. Y todo bajo la soberbia mirada de los legatarios, que disfrutaban al vernos acorralados así.

–¿Por necia que sea? –espetó Izz–. Entonces, cogeos a mí con todas vuestras fuerzas. –Extendió los brazos–. Cerrad los ojos y, pase lo que pase, no os soltéis.

Le hicimos caso, era nuestra única baza. Don Penlarvo la cogió por un brazo y Halcón por el otro, Tharan la agarró por la cintura, y Zuri y yo, por sus piernas, con todas nuestras fuerzas. Los legatarios nos miraban incrédulos a la vez que prudentes y precavidos; no comprendían lo que íbamos a hacer, y a decir verdad, nosotros tampoco.

–Ya os he dicho que no podéis usar…

–¡*ZAPTRO KUSORA*!

Seguí con los ojos cerrados, tal y como había ordenado nuestra querida maga. No me enteraba de nada, solo sentía el viento en mi cara y en mi pelo, mejor dicho, en todo el cuerpo, y una extraña sensación de como si estuviera cayendo al vacío.

–¡*ZAPTRO KUSORA*!

Fuimos víctimas de un brutal impacto que nos hizo besar el suelo. Nos quejamos de dolor por el golpe que recibimos, pero estábamos todos vivos. Abrí los ojos y vi al Celador Sempiterno al otro lado de la orilla, aparentemente tranquilo y vigilante encima del islote, como si nada hubiera ocurrido.

–¿Qué coño ha pasado? –preguntó Halcón con voz ronca.

–Que nuestra magnífica maga nos ha sacado del castillo – respondió Tharan.

–Sí, ya, pero, ¿cómo? –siguió Halcón.

Miramos a Izrileth, aún asombrados por nuestra suerte de haber salido de allí, y con las piernas y medio cuerpo doloridos por el aterrizaje. La maga parecía muy cansada, respiraba con pesadez, apenas se había podido sentar en el suelo.

–El encantamiento de los muros suele impedir que un hechizo pase a través de ellos o por su adarve, o que alguien se pose en ellos con métodos mágicos; lo de volar es diferente porque afecta a quien lo hace, no por donde pasa. A partir de cierta altura ya no protegen, así que solo hay que subir lo suficiente.

–Entonces, ¿nos has teletransportado al cielo y luego al suelo fuera del castillo?

Izz asintió con la cabeza, visiblemente cansada:

–El problema es que el hechizo conserva el momento de inercia, por eso hemos golpeado…

La maga se desmayó, extenuada debido al sobreesfuerzo que requería lanzar esos dos hechizos de forma consecutiva, con tanta gente a la vez y a esas distancias. Sin embargo, si a los legatarios se les ocurría empezarnos a buscar por las afueras del castillo, pronto darían con nosotros. Don Penlarvo decidió darle un tiempo para que se recuperara y volviera en sí, tiempo que los demás también necesitamos para dejar que se diluyeran los nervios acumulados por la situación a la que nos habíamos enfrentado.

–¿Y ahora qué hacemos? –preguntó Halcón–. Parece imposible recuperar las armas mientras las tengan allí. También podríamos volver al castillo con los barones, pero sería exponerlos demasiado. O hacer igual que esos malnacidos y buscar a niños que nos ayuden. –Lanzó al río una piedra cargada de frustración–. Sinceramente, todo esto pinta fatal.

–Tenemos que ir al oeste… –replicó Izz que empezaba a volver en sí, hablando con dificultad–, con el otro barón…, el que investiga sobre las armas… y que fue testigo de lo que sucedió. –Tosió, medio ahogada por el cansancio–. Y debemos ir ya.

–¿Te hallas con fuerzas para andar? –le preguntó don Penlarvo.

Izz asintió con la cabeza, y Don Penlarvo le ayudó a levantarse.

–Haremos lo siguiente: Tharan y yo asistiremos a doña Izrileth para que pueda seguir andando; Halcón cerrará la marcha con tal de ocultar el rastro; y Hassel y Zurinanda nos guiarán.

Empezamos la marcha por la orilla, ocultando nuestras siluetas entre los árboles y matojos que rodeaban el río, y no nos detuvimos hasta que perdimos de vista Celador Sempiterno. Entonces decidimos descansar para pasar la noche, sin encender ninguna hoguera para evitar que nos descubrieran, y durmiendo por turnos, con dos haciendo guardia. Tal vez los legatarios organizaron varias batidas, pero sin saber dónde habíamos aterrizado, tenían más posibilidades que gente para empezarnos a buscar. Además, seguramente temían que los pudiéramos vencer si los cogíamos por separado, a lo que no se arriesgarían.

A la mañana siguiente, Halcón cazó un conejo para que pudiéramos desayunar. Lo degustamos con calma, ya que seguramente sería la única comida del día –solo habíamos cogido lo indispensable con tal de ir más ligeros, la idea era ir y volver en la misma noche–. Por suerte, una de las pocas cosas que llevábamos era el mapa, aunque lo único que teníamos que hacer era seguir río abajo hasta alcanzar el mar, allí encontraríamos Puerto de Lirania, lugar donde residía el barón del Litoral Sumadeno.

Durante el resto del día, estuvimos andando por una pista situada al lado del río, vigilando que nadie nos viera. Al parecer, por lo que nos contó don Penlarvo, esa senda no era un camino propiamente dicho, sino que se usaba para que los animales tirasen de las embarcaciones para poder remontar el río.

Al atardecer llegamos a Pescadero, un simpático pueblo ribereño hecho todo entero de madera. Tenía un pequeño puerto de río con varios botes amarrados y sus propietarios al lado, trabajando en sus cañas de pescar.

–Discúlpennos, buenos señores, querríamos presentar nuestros respetos a las autoridades locales y, dentro de nuestras posibilidades, poder descansar esta noche en esta villa y cenar lo que buenamente puedan darnos.

–Sois los extranjeros, ¿verdad?

–Así es –asintió don Penlarvo–. También nos iría bien un transporte para que mañana pudiéramos seguir río abajo hasta el mar.

Después de negociarlo un buen rato, conseguimos alojamiento y comida para poder pasar la noche, y transporte para el día siguiente. Nos pidieron algunas monedas a cambio, por suerte, Zurinanda nunca se separaba de nuestro dinero.

Nos hicieron dormir en lo que antes había sido un hostal en buenas condiciones. Todo parecía indicar que anteriormente ese pueblo era un lugar muy transitado, pero esos años ya habían quedado atrás, y los pocos huéspedes que tal vez pasaran por allí eran atendidos a desgana por los lugareños. Aunque eso no les impidió cobrarnos los que quisieron; aprovecharon muy bien la ocasión para disgusto de nuestra tesorera.

Al día siguiente, bien temprano por la mañana, alquilamos un bote para ir río abajo que gobernarían Tharan y don Penlarvo. El trayecto fue plácido, bastante rápido y placentero, sin contratiempos, aunque íbamos bastante apretujados y teníamos el agua muy cerca. Pudimos disfrutar del paisaje de ambos lados de la orilla: árboles, arbustos, algún animal salvaje y un pueblo al que llamamos la atención, pero no nos detuvimos. A media mañana llegamos a nuestro destino, el último muelle fluvial del Sumadana. Veíamos Puerto de Lirania en el horizonte, a una hora de camino a pie.

XXIX

El camino nos llevaba directamente a los muelles de Puerto de Lirania, una construcción de piedra elegante y sencilla a la par que funcional. Sus dimensiones eran lo suficientemente grandes para albergar a varios veleros de tres palos capaces de surcar el océano, y aún quedaba espacio para que las embarcaciones de menor tamaño pudieran maniobrar con libertad. Era fácil imaginarse a los barcos yendo y viniendo por las aguas, con los estibadores acarreando pesados bultos de un lado para otro con los capitanes, navegantes y demás oficiales ultimando los detalles del siguiente viaje, mientras los marineros visitaban las abarrotadas tabernas locales. Tal vez, en un pasado, fue así.

Pero esos tiempos ya hacía mucho que habían quedado atrás. Las tabernas estaban cerradas y no había marineros que las visitaran, ni se veía ningún oficial ultimando detalles, ni a mozos cargando y descargando navíos. Ya no había velas al viento y ni una sola embarcación se movía por las plácidas aguas del puerto. El único testimonio que quedaba de la grandeza que una vez tuvo ese lugar, era un antiguo y bello bergantín con las viejas velas arriadas y deslucidas, olvidado al igual que el resto del muelle.

–Me esperaba algo más… –exteriorizó Tharan.

–¿Gente, tal vez? –se mofó Halcón.

–Para no haber, no hay ni ratas –comentó Izrileth.

–E' má' tranquilo que Punta de E'en –ironizó Zurinanda.

–Y más limpio, a pesar de la mugre en los rincones –añadí yo.

Don Penlarvo se limitó a suspirar ante tal abandono.

–En cualquier caso, es nuestro deber presentarnos ante las autoridades –aseguró el adalid–. En ese montículo hay una fortificación, debe ser la residencia del barón.

La fortificación en cuestión era un alcázar de piedra blanca, de altos torreones rematados por afilados tejados. Sus muros estaban salpicados de ventanas y ventanales a media altura, y aspilleras en sus partes altas y bajas, dejando que la luz se introdujera en la blanca fortaleza, a la vez que permitían dominar todo el puerto y la población circundante. Seguro que antaño los pendones colgaban de las altas torres y ondeaban al viento mientras la blanca piedra refulgía bajo la luz del sol; ahora, sin embargo, únicamente había una solitaria bandera raída por el tiempo, haciendo juego con las grises paredes.

El camino hasta sus puertas estaba bien indicado, por suerte nuestra, ya que no encontramos a nadie a quien preguntar por la dirección, y eso que atravesamos todo el barrio marítimo. La primera persona que hallamos, fue un viejo soldado haciendo guardia en la barbacana exterior del puente levadizo del alcázar.

–¡Alto! ¿Quién va y cuáles son vuestras intenciones?

–Somos los extranjeros de que tanto ha oído hablar vuestro señor. Nos ha enviado el barón de las Tierras Altas –respondió don Penlarvo, mostrando el salvoconducto que nos habían proporcionado anteriormente.

–Esperad aquí, iré a informar.

La réplica de nuestro adalid nos sorprendió a todos. No es que hubiera mentido, más bien era una verdad a medias; lo cual era toda una novedad viniendo de don Penlarvo.

–Sé lo que estáis pensando, mas una pizca de creatividad tampoco nos vendrá mal –nos confesó.

–Es decir, que ya te has cansado de presentar respetos a lo largo y ancho de este condado e ir dando explicaciones a todos los guardias que nos encontramos –reinterpretó Halcón–. Te comprendo perfectamente –asintió sonriente.

Lo más curioso del caso es que el centinela había abandonado la barbacana para ir a informar a su superior. Así que, si hubiésemos querido entrar, nadie lo hubiera impedido; pero preferimos esperar fuera. Cuando regresó, nos hizo entrar y nos pidió que esperásemos en el patio central.

Al cabo de un rato, apareció un anciano sin más compañía que el bastón que le ayudaba andar. Aunque sus ropas eran viejas y gastadas, también eran de cierta calidad y estaban ornamentadas con el mismo escudo heráldico que ondeaba en la raída bandera.

–Sed bienvenidos, nobles extranjeros. Soy Máspuc, barón del Litoral Sumadeno. Pronto tomaremos el almuerzo, sería para mí un honor que nos acompañarais; pero antes tendré que avisar al cocinero.

Su voz era apagada a pesar de intentar parecer agradable. Los años y el pesar habían hecho mella en todo su ser. Era el vivo retrato de un hombre derrotado que iba perdiendo toda esperanza día tras día.

–Me informaron que ibais a recuperar nuestras queridas armas, mas habéis llegado con las manos vacías. Al menos salisteis con vida. Contadme todo lo que visteis en Celador Sempiterno mientras me acompañáis a la cocina.

Seguimos al anciano en su ruta hacia la cocina. Por el camino le comentamos lo abandonada que parecía la fortaleza del conde, y le explicamos nuestro encuentro con los legatarios y cómo conseguimos escaparnos. Por supuesto, también le hablamos de las armas y en qué lugar exacto se encontraban –tenía especial interés por su sable–.

Una vez el cocinero fue advertido, nos fuimos a un comedor auxiliar donde esperaríamos el almuerzo mientras nos poníamos al día. El barón Máspuc aún tenía las ideas claras, y conocía muy bien lo que sucedía en Lirania, fue una suerte encontrarlo. El primer tema del que hablamos fue sobre las armas y el barón del Gelidana:

–Tanto el barón de la Ribera del Gelidana como el legítimo conde cayeron en combate ante los usurpadores y sus malas artes. El conde tenía un hijo, pero el barón, no. Así que los usurpadores entregaron el Martillo de Gelidana a un niño al cual educaron para que les obedeciera. Sin embargo, cuando este se hizo mayor y tomó posesión de la baronía, el martillo lo repudió. Esos malnacidos no entendieron el porqué, creían que con sus hechizos y con esa línea de sangre acabada, el arma aceptaría el nuevo dueño. Luego comenzaron a cavilar sobre la posibilidad de que hubiera otros herederos.

»Primero empezaron a recorrer el condado, buscando algún adulto que pudiera blandir alguna de las armas, pero no hubo suerte. Luego, cansados de vagar por el territorio, se inventaron el Tributo y se pusieron a secuestrar niños, y si podían sostener algún arma, luego los educaban para que les fueran fieles. Asombrados, veían que todos los niños podían cogerlas, pero cuando se hacían mayores, todas los repudiaban. Nunca entendieron la naturaleza de las armas; no comprendieron, ni comprenden, que el deber de dichas armas es el de proteger Lirania de cualquier amenaza, interna o externa. Un arma así nunca haría daño a un niño, y menos si es de su tierra.

»En lo referente al hijo del conde, era muy joven en esa época y los usurpadores se aseguraron de que les obedecería llegado el momento. Y cuando el momento llegó, también fue repudiado por la espada. En un principio creyeron que su madre había sido infiel y que había roto la continuidad de sangre; sin embargo, la mujer confesó que eso era una calumnia, y creedme que esos malnacidos disponen de métodos eficaces para sonsacar la verdad. Ahora, el conde actual es una persona desagradecida, consumida por el deseo frustrado de gobernar y corrompida por las ansias de poder de sus mentores.

»Por otro lado, la historia de Lirania cuenta que cuando el condado fue fundado por un Antiguo, este prometió paz y libertad a los humanos que la colonizaron. Y con tal de asegurarlo, entregó cinco poderosas armas a cada uno de los nobles, asegurándoles que el poder de Lirania residía en ellas. Por desgracia, cuando llegaron los usurpadores ya nadie se acordaba de cómo desatar ese poder, ni siquiera a qué se refería la leyenda. Y sigo sin saberlo.

»Por lo que sé, los usurpadores siguen intentando controlar las armas con sus artes malignas. Y los niños que educaron, que ahora ya son adultos, se han convertido en sus fieles lacayos y colaboran en sus actos atroces. Pero no sintáis pena por ellos, son nuestro enemigo de todas todas, y anhelan vuestra destrucción y nuestro sometimiento.

Llegó el mediodía y con él, el almuerzo. Fue una comida muy sencilla y simple, digna de un campesino, no de un barón, servida por el ayudante del cocinero en vez de un sirviente del comedor. En cada momento que transcurría, más patente se hacía que esa baronía estaba en sus últimas horas; en otros lugares del mundo hubiera sido invadida por algún vecino codicioso.

Mientras comíamos, le contamos nuestra historia de cómo llegamos aquí y todo lo que nos había sucedido: desde nuestro recibimiento en Abrabuey hasta nuestro ataque a Celador Sempiterno, pasando por el encuentro con el barón de Gelidana, la noche en Espesura Impávida y nuestra estancia en las Tierras Altas.

–Sabed, nobles extranjeros, que siempre seréis bien recibidos en mis tierras, y que encontrareis descanso en mi morada. Ya habéis hecho mucho por nosotros.

–Sin embargo, nuestra labor todavía está sin concluir –objetó don Penlarvo–. Y es de menester concluirla para que podamos sentir que hemos saldado nuestra deuda con la gente de Lirania.

–Entonces, mejor que os preste toda mi ayuda. Durante todo este largo tiempo de dilación, he ido recopilando la información esparcida por todo el condado con la esperanza de descubrir alguna manera eficaz de combatir al invasor. Os lo mostraré.

XXX

Por la tarde, don Penlarvo se reunió con el barón para divagar alrededor de las leyendas de Lirania mientras revisaban las notas sobre lo más relevante de lo que había ido reuniendo el noble con el paso del tiempo.

Por otra parte, a Halcón y Tharan les habían encomendado la tarea de comprobar la infraestructura bélica. El resultado fue bastante desalentador. El barón disponía de un puñado de soldados: el número mínimo para vigilar el alcázar y los puntos estratégicos de la baronía; pero eran incapaces de presentar batalla. Además, para la gran mayoría de ellos, la juventud era una cosa del pasado y nunca habían participado en un combate real. Al menos tenían la armería llena de viejas armaduras, escudos, lanzas y espadas, todas cubiertas de polvo.

Los demás, Zurinanda, Izrileth y yo, fuimos a visitar el arrabal costero, donde ahora vivía la población. Se había trasladado hace ya muchos años por su cercanía con la playa, facilitando las labores de la pesca, y al estar más cerca de las tierras de cultivo. Teníamos una doble tarea que realizar allí, una encargada por nuestro adalid y la otra por el barón.

Don Penlarvo nos había enviado para que pudiéramos valorar sobre el terreno el estado de los habitantes del lugar y cuáles eran sus problemas. Sin duda alguna, era la población más grande del condado, con más de tres centenares de personas viviendo allí, y disponían de todo los tipos de artesanos que necesitasen, aunque tampoco les sobraba nada. Vivían en ese punto en que ni eres pobre, ni vas sobrado, pero si te descuidas, sobrevivirás en la miseria.

La otra tarea, la del barón, era encontrar al sacerdote de la Trinidad que residía allí y que respondía al nombre de Flaruso. El noble nos aseguró que nos sería fácil reconocerlo, que seguramente estaría dando apoyo espiritual a algunos lugareños. Tenía razón, fue fácil dar con él, destacaba una barbaridad entre todos los lugareños, porque era el único que vestía con las indumentarias tradicionales de los sacerdotes seculares de la Trinidad, es decir, que se paseaba cubierto con una túnica blanca que le llegaba hasta los tobillos, una capa oscura colgando de sus hombros y un sombrero de tres picos cubriendo la calva. Y por si fuera poco, iba con un pequeño cesto de donde sacaba unas pequeñas galletas que iba repartiendo entre la gente que no había conseguido darle esquinazo.

–Tú debes ser Flaruso, el sacerdote de aquí –le interrumpió Izz algo burlona.

–¡Así es! Y vosotros sois los extranjeros… –Levantó su dedo huesudo, como si quisiera dar solemnidad al momento–… de los cuales tanto he oído hablar.

Asentimos al unisonó mientras él nos examinaba con sus ojos saltones.

–Os había imaginado distintos, más altos, más fuertes…, ¡más piadosos! –Miró con displicencia a la maga–… Y con más recato. –Terminó con una mueca de desagrado.

–¿Qué tiene de malo mi ropa? –replicó Izz algo malhumorada.

–¡Demasiado corta! –Los ojos del sacerdote casi saltaron de sus órbitas– Deberías cubrirte con un vestido largo hasta los pies. ¡Las enseñanzas de la Trinidad así lo exigen!

–Una falda más larga sería una molestia al moverme, lo que se convierte en un peligro en combate –respondió con altivez.

–Eso excusaría la falda… ¡pero no excusa tu pecaminoso escote! –contraatacó mirándolo con los ojos saltones y acusándola con su huesudo dedo.

–Ahí te ha da'o, I'z –se mofó Zuri.

–Cállate. Que si alguien te viera con escote, le entrarían ganas de llorar –respondió la maga a la ratera sin importarle que eso le pudiera molestar.

El sacerdote y sus ojos saltones seguían desafiando a la «pecadora», como si aguardase a que ella se redimiera de defectos y le pidiera ayuda para volver al buen camino.

–Tú debes ser de esos que, cuando se ponen el tricornio, empiezan a repartir hostias –le espetó Izz.

–¡El tricornio es sagrado! Es el símbolo que representa la armonía de la Trinidad, así como su justica y el bien supremo.

–Da igual. Ponerte un tricornio no te da derecho a dar lecciones de moral, y menos cuando vives del miedo que infundes a los demás.

–¡Eso es una blasfemia! Yo solamente advierto de los peligros de una vida pecaminosa e impura. –Luego, me miró con sus prominentes ojos–. Y tú, joven, ¿vas a seguir los pasos de esta descarada irreverente?

–Yo… es que lo de encontrarme a un hombre mayor, con capa y tricornio, que va por la calle repartiendo hostias a diestro y siniestro, siempre me ha dado mal rollo… no sé por qué –dije con la esperanza de que me dejara en paz–. Creo que sería mejor que te quedaras en un sitio y quien quiera hostias, ya vendrá a buscarte.

–Esto –dijo mostrándome una de las «galletas»– representa las bondades que la Trinidad nos ha entregado junto a este mundo, y que tenemos que compartir. Además, los realmente necesitados del buen mensaje, nunca recurren a mí. Aunque ya veo que para ti ya hay muy poca esperanza. –Después, sus desorbitados ojos se posaron en Zurinanda–. Y tú, jovencita, dime, ¿hay esperanza para ti?

–No creo. To'o lo que tengo e' robado –dijo Zurinanda sonriente –. Po' cic'to, me gu'ta tu capa. –Amplió su sonrisa.

–Creo que ya nos hemos divertido los suficiente –interrumpió

Izz–. El señor barón nos ha mandado a buscarte, hay asuntos que requieren tus dones… sean cuales sean.

–Comprendo. Dile al señor barón que mañana iré a visitarlo – respondió con desdén–. Hoy tengo que ocuparme de las almas de nuestros conciudadanos.

–No. Ahora –le amenazó la maga–. Y si no obedeces, te convertiré en sapo y te entregaré a los niños para que jueguen contigo.

–¡Pecadora insolente! Nunca te atreverás a…

Izz mostró una mano que empezaba a brillar. Y el sacerdote calló al instante, obedeciendo a la maga y siguiéndonos hasta el alcázar.

XXXI

Al parecer, el esquelético sacerdote ayudaba frecuentemente al barón con el cometido de recopilar información. En una de las alas del alcázar se encontraba el segundo mayor archivo de Lirania –únicamente superado por el de Celador Sempiterno– donde los libros que narraban los hechos más importantes del condado se ocultaban entre montañas de documentos y pergaminos sobre la vida cotidiana de la baronía y alrededores.

Flaruso era un hombre muy erudito por los estándares de esa región, y también muy cabezota. Era arisco con nosotros, nunca nos dirigía la palabra si no era para reprendernos, y hablaba con el barón ignorándonos por completo, incluso nos criticaba abiertamente; y mucho peor era su trato con nuestra maga, que más de una vez casi llegan a las manos. Aun así, Izz era quien mejor le entendía:

–Es normal su actitud. Somos un grupo de extranjeros que sabemos luchar y dominar el Éter, igual que los legatarios que llegaron para usurpar estas tierras. Y él, al fin y al cabo, se preocupa por su gente –nos dijo cuando nadie más podía escucharla–. Y, además, es medio imbécil –sentenció burlonamente.

Al final, gracias a la mano izquierda del barón, conseguimos convencer al sacerdote para que nos pusiera al corriente de los detalles de sus descubrimientos que escapaban a la comprensión del noble, y a la mayoría de nosotros. Realmente, solamente Izz los entendía con profundidad, así que se decidió que los dos colaborarían para descubrir la forma de liberar el poder de Lirania y derrotar a los usurpadores.

Durante la cena de después, me ofrecí a ayudarles con lo que buenamente pudiera en la búsqueda de información, tal vez mi don serviría de algo. Halcón, por su parte, se ofreció a continuar su labor anterior con tal de poder organizar y adiestrar convenientemente a los pocos guardias del alcázar por si las cosas se torcían. Tharan aceptó echarle una mano, temeroso de que le reclutaran para la ardua tarea de leer documentos. Así que intentamos convencer a Zurinanda para que también nos ayudara a descifrar los antiguos escritos, pero, avergonzada, se vio obligada a reconocer que era una iletrada. El atento escudero se apiadó de la joven ratera, y le prometió que le enseñaría a leer y escribir, lo que les permitió pasar bastante tiempo a solas, lejos de cualquier mirada.

La mañana siguiente fue muy aburrida para todos. Después de los ejercicios matinales y al terminar de desayunar, Halcón dio permiso a Tharan para que se ocupara de la alfabetización de Zurinanda – realmente, tampoco lo necesitaba para poner firmes a la media docena de guardias de avanzada edad–. Los demás, es decir, don Penlarvo, Izrileth y yo, junto con el barón Máspuc y el sacerdote Flaruso, fuimos al archivo a buscar y rebuscar entre documentos, escritos y libros, con la esperanza de encontrar algún indicio sobre cómo se defendió Lirania en tiempos remotos, y así dar con la manera de derrotar a nuestros enemigos.

Era una tarea extenuante y pesada, mucho más de lo que me había llegado a imaginar, y mi don era inútil entre tantos papeles. Había tenido la esperanza que al tocar alguno, mi intuición me dijera «¡ey!, aquí está lo que buscas», pero no era así; lo único que conseguí averiguar es que Malmonari era el nombre de una Antigua que había ayudado a crear Lirania. Cansado y agotado de leer, clasificar y seguir pistas falsas, no pude evitar romper el silencio dejando patente mi frustración:

–No terminaremos nunca. Hay más papeles que vida tiene uno para leerlos, y mi don no me ayuda en nada. –Resoplé–. Sería más fácil si hubiera alguien a quien preguntarle, pero nadie vive tantos años. –Y volví a mi trabajo.

Cuando lo dije, no me fijé en que Izz estaba a mi lado, sumergida en la lectura de varios documentos esparcidos por su mesa –pocas veces en mi vida la he visto tan seria y concentrada– y me había escuchado. Primero parpadeó; luego levantó la cabeza, mirando a un punto indeterminado en el infinito; y al final golpeó la mesa renegando con todas sus fuerzas:

–¡Cáspita! –No dijo eso, pero tampoco tengo la intención de reproducir la blasfemia que espetó. Es algo tan grosero que nunca debería salir de la boca de una bella dama tan culta; solo os digo que fue de tal envergadura, que hasta don Penlarvo se sobresaltó.

–¡HEREJE! –le gritó el sacerdote mientras se santiguaba tres veces.

Izz lo ignoró, como de costumbre, y luego me clavó su mirada. Tuve miedo; sus ojos escondían el enfado provocado por mis palabras. Llevábamos horas trabajando en silencio, seguro que había roto su concentración y estaba furiosa conmigo. Tragué saliva, quedándome paralizado por esos ojos azules que querían someterme.

–Hassel –me dijo, temiéndome sus intenciones de hacer barbacoa de vidente ya que nunca llamaba a nadie por su nombre, sino por su primera sílaba–, eres un magnífico genio –tampoco había usado la palabra «magnífico»–, tienes toda la razón. –Se levantó de golpe, haciendo caer varios documentos viejos a los que no les hacía ningún bien tanta violencia–. Además, ni hace falta que me digas dónde está.

Nos la quedamos mirando sin entender muy bien qué le sucedía, ni qué pasaba por su mente.

–Señor Máspuc, voy a la cocina a pedir que nos preparen algo para un par de días de viaje, no creo que tardemos más.

Y salió de la biblioteca. Y volvió a entrar.

–Has, te vienes conmigo.

XXXII

Los conjuros de viaje de Izrileth funcionaban a las mil maravillas, y más cuando solo éramos dos a movernos. En poco más de un día, había remontado el Sumadana hasta su afluente Raudana y nos volvimos a desviar por el Audana hasta llegar a nuestro destino.

–Espesura Impávida… –remugué mirando con recelo a los árboles centenarios–. Pero no creo que la vegetación pueda responder a mis preguntas… ¿o tal vez sí?

–Veo que vas haciendo memoria –me dijo Izz burlonamente–. La última vez que entraste en este bosque te habló su voz. Ahora tienes que volver a entrar, tú solo, y preguntarle lo que necesitamos saber.

–¿Y si no quiere hablar?

–Hablará, le interesa ayudarnos.

Volví a mirar la frondosidad que se levantaba delante nuestro. Toda la gente de Lirania temía ese bosque y los secretos allí escondidos. Y que las leyendas solo hablaran de muertes y maldiciones tampoco me tranquilizaba.

De pronto, una idea cruzó por mi mente. ¿Y si lo que quería Izz era acabar conmigo? ¿Había descubierto que me había percatado de que su licencia era falsa? ¿Quería tenderme una trampa?

–Oye, Izz… Esto… –De todas formas, mi intuición me decía que saldría de esta–. Bueno, nada, da igual.

–No te apartes del río, para nada. Y tampoco te detengas, pase lo que pase. Simplemente, entra y pregunta. Te estaré esperando aquí.

Tragué saliva, hice acopio de todo mi coraje, y entré en el bosque.

Había perdido a Izz de vista al poco de entrar, y llevaba casi una hora andando por el lecho del Audana. A esas alturas comprendía perfectamente por qué le llamaban espesura, era como estar dentro de una enorme madriguera decorada con toda la gama de marrones y verdes existentes, iluminados por algunos ocasionales respiraderos en el techo que filtraban la luz del sol. Durante todo el trayecto tuve la sensación de que alguien me observaba, además de ir oyendo ruidos, murmullos y, si mis nervios no me estaban jugando una mala pasada, incluso risillas entre la vegetación; todo eso me ponía la piel de gallina.

Al final encontré a una muchacha bañándose en el río, pensé que tal vez podría ayudarme:

–Disculpa, ¿puedo hacerte una pregunta?

La chica se sobresaltó y se escondió entre la maleza.

–No voy a hacerte daño, vengo en son de paz.

Oí un ruido detrás de mí, entre los arbustos. Me giré justo a tiempo para verla pasar.

–Por favor, vuelve. Es importante.

Hice un par de pasos con intención de seguirla, pero la perdí de vista en un santiamén. Pero al dar media vuelta para continuar con mi camino, me la encontré delante de mí, sonriéndome. Me dio tal susto que me caí de espaldas quedándome postrado en el suelo, contemplando toda su desnuda belleza. No era una chica normal, su húmeda piel tenía un tono azulado y sus cabellos mojados compartían el mismo color.

Se arrodilló y me besó los labios. Luego volvió a sonreírme y a volverme a besar. Jugó conmigo y fui incapaz de resistirme a sus encantos, arrastrándome hacia una tormenta de pasión la cual siempre recordaré. Aunque tengo que reconocer el enorme peligro que corrí, ya que esa chica me hubiera convertido en su esclavo si no hubiera sido porque algo la asustó tanto que la obligó a esconderse en el río, donde desapareció de mi vista.

–¿Te has divertido?

Esa voz me era familiar, era la misma voz que me entregó la leña la noche que pasamos escondidos en el camino. Y al igual que esa vez, tampoco pude distinguir de dónde procedía. Solo deseaba que no fuera la madre de la muchacha.

–Pido perdón por lo sucedido. Es que yo iba cansado y… y, esto, quería hacer una pregunta, y…

Intenté excusarme, pero no obtuve respuesta. Así que fui directo al grano.

–Verá usted, quería preguntarle sobre las armas de Lirania y cómo defender esta tierra ante los invasores actuales.

–¿Quieres saber cómo funcionan?

Asentí.

–¿Por qué debería decírtelo? ¿Acaso me importa algo lo que les suceda a los humanos?

–Porque cuando los legatarios acaben con los humanos, será el turno de este bosque. Además, el deseo del fundador de Lirania era que estas tierras fueran un lugar de paz y prosperidad.

Se hizo el silencio, ni siquiera se oían los murmullos que me habían ido acompañando durante todo el trayecto. Tampoco sabía si la dueña de la voz seguía por allí o me había abandonado junto a mis esperanzas.

–¿Sigue por aquí?

Observaba mi alrededor mientras esperaba a que alguien me respondiera. Mi instinto me decía que estaba cerca, no la veía, pero por allí andaba.

–Muy bien, te haré un resumen:

»Las armas nunca obedecerán a nadie que vaya en contra de la gente de Lirania, ni por activa ni por pasiva. Así que mientras quien las sostenga no se oponga a los legatarios, no se dejarán empuñar.

Además, para asegurarse de que siempre estarán en las manos más leales, solo las podrán poseer aquellos que cumplan una línea de sangre específica, en este caso, los nobles de este condado.

»Sin embargo, se puede obligar a las armas a cambiar de dueño. Para eso hay que ir a la forja donde fueron creadas, o una parecida, y darles unas nuevas directrices, por ejemplo, que acepten aquellos que sean fieles a los legatarios. No es una tarea simple, hay que conocer los ritos necesarios y saber canalizar el poder suficiente para que salga bien, por no decir que alguien tiene que empuñar el arma durante la ceremonia, con lo que tiene que cumplir la anterior directriz. Tarde o temprano, los legatarios elegirán esta opción; y creo que será temprano, los habéis puesto nerviosos.

–¿Y por qué no empezaron por aquí?

–Porque la única forja de este estilo que hay por aquí cerca se encuentra en la mansión de Parasar, actualmente abandonada y con todas las defensas mágicas activadas... Y son defensas pensadas para repeler Antiguos y dragones.

–Entonces, lo que tenemos que hacer es…

–Es decidiros a recuperar las armas de una vez, que sois simples humanos.

Sentí una mano en mi hombro y luego viajé por el Audana hasta llegar al mismo punto por el que me había adentrado en el bosque.

–Ahora vete.

Fue lo último que me dijo. Tenía que conformarme con esa información y rezar para que fuera suficiente.

XXXIII

Cuando me volví a reunir con Izz, le expliqué todo lo que me había dicho la voz del bosque. Pero la maga, a pesar de escucharme atentamente, no dejaba de mirarme y reír entre dientes.

–¿Pasa algo? –le pregunté algo confuso.

–Una ondina, ¿verdad? Son todas unas frescas.

Y se echó a reír a mandíbula batiente, momento en que comprendí que se había percatado de mi encuentro con esa bella y extraña chica.

–Yo... es que... pero… –Me incomodaba hablar de ello, además, para mí fue casi sin querer–. ¡Eso no es cosa tuya! –le dije al final recobrando la compostura.

–Ains… –Izz se secó las lágrimas de tanto reír–. Tendría que haberte avisado. Por lo que parece, esa fresca decidió pasar un buen rato antes de avisar a su jefa, son así de caprichosas. Debes entender que para esos seres mágicos eres, ¿cómo decirlo?..., digamos que eres un buen candidato, de aquellos que van a proporcionarles buenos hijos, ¿entiendes?

–¡¿Voy a ser padre?!

No sé qué cara puse cuando lo dije, pero Izz se partió de risa a mi cuenta. Aun así, no me respondió, aunque ahora ya ni me preocupa.

Como estaba anocheciendo, dejamos la conversación para más tarde y tomamos el camino de vuelta a Puerto de Lirania; nuestros amigos estarían preocupados. Sin embargo, un mal presentimiento me obligó a detener nuestro viaje cuando alcanzábamos el Sumadana.

Estuvimos un buen rato escondidos y le pedí a Izz que no usara su magia bajo ninguna circunstancia, ya que eso solo nos traería problemas. La maga aceptó mis sugerencias sin rechistar, confiaba plenamente en mis intuiciones, aunque también me preguntó que había percibido. Y yo también me lo preguntaba.

Al cabo de un rato, vimos pasar a varias embarcaciones río abajo. Se dirigían al oeste, hacia Puerto de Lirania y al océano. Transportaban varias docenas de soldados, y entre ellos pudimos distinguir a los legatarios acompañados por cinco niños, cada uno sosteniendo una de las armas.

–La elfa tiene razón –susurró Izz–. Nuestra aparición en la pasada noche les obligó a replantearse la situación y acelerar sus proyectos. Quieras que no, les demostramos que podemos plantarles cara y que existe un peligro para ellos.

–¿Elfa? Yo no vi a nadie –le dije.

–Ya os conté lo de los antiguos que decidieron unirse a la naturaleza. En este caso se trata de alguien que tenía amistad con el fundador de Lirania, si no, no la hubiera dejado establecerse.

Asentí. Tenía su lógica, debería haberme dado cuenta antes.

Las barcas seguían viajando río abajo. Me fijé que no tenían velas, ni remos, ni animales que las remolcasen desde de tierra; la magia de los legatarios parecía aún más poderosa de lo que creía.

–Cuando se hayan alejado lo suficiente, seguiremos el camino a pie durante un par de horas –dispuso Izz–. Si usamos algún hechizo de transporte y pasamos cerca de ellos, nos detectarán.

Así lo hicimos. Llegamos al alcázar bien entrada la noche, los demás nos estaban esperando con impaciencia, preocupados por si nos había pasado algo. Aunque a nosotros también nos inquietaba la idea de que los legatarios les hubieran hecho una visita.

Mientras Izz y yo cenábamos –los demás ya hacía rato que habían comido–, les contamos lo que nos había dicho la elfa y nuestro encuentro con los legatarios en el río. Como no habían pasado por allí, ni nadie los había visto, dimos por sentado que habrían ido a la mansión de Parasar. El barón desconocía su paradero, pero tenía alguna idea:

–Este valle que hay al sur únicamente es accesible por mar y nunca ha habido ningún asentamiento humano.

–¿Y cómo vamos a llegar allí? –preguntó Halcón.

–En los muelles descansa un bergantín. ¿Todavía es capaz de navegar? –inquirió don Penlarvo.

–Supongo que sí –respondió el barón–, aunque lleva allí mucho, muchos años.

–Es una nave de los Antiguos, debería seguir siendo útil… si es que alguien puede manejarla –señaló Izz.

–Nuestra gente siempre ha vivido de la mar, mañana tendremos una tripulación preparada –aseguró el barón.

–No quiero fomentar el mal rollo, pero… –intervino Tharan–, si los usurpadores y sus secuaces están allí, también necesitaremos soldados.

–Mis hombres servirán –aseguró el barón–. Aunque ya hayan abandonado la juventud, son fieles a la causa y su ardor por la justicia los rejuvenecerá.

A la mañana siguiente, cuando me levanté y miré por la ventana de mi habitación, pude ver cómo un grupo importante de gente trabajaba junto al bergantín. Don Penlarvo y Tharan se encontraban entre ellos, organizando las tareas y revisando la embarcación. El adalid había tenido la gentileza de dejarnos dormir hasta tarde con tal de que recuperásemos nuestras fuerzas.

En el patio de armas encontré a Halcón organizando las escasas y veteranas tropas de la baronía del Litoral Sumadeno. Me comentó que Zurinanda había bajado al pueblo a buscar voluntarios para «liberar Lirania del mal que la azota de una vez por todas», según palabras del sacerdote.

Todos los preparativos estaban en marcha, y no hacía falta ser vidente para ver que esa misma tarde embarcaríamos en el bergantín para recorrer el trecho de mar hasta la mansión de Parasar.

XXXIV

Al finalizar el mediodía, el bergantín ya estaba listo para volver a surcar la mar. Lo habían bautizado con el nombre de «Esperanza», e incluso el sacerdote realizó una rápida ceremonia. Sin embargo, tuvimos que esperar hasta media tarde para zarpar. Al parecer, al terminar nuestra conversación de la pasada noche, el barón Máspuc había enviado una paloma mensajera a su homólogo de las Tierras Altas para que le enviara ayuda. Y este respondió, viniendo personalmente al frente de dos docenas de soldados armados.

Cuando zarpamos, en el Esperanza viajaban más de un centenar de hombres (y dos mujeres), dispuestos a librar la lucha definitiva para salvar su tierra. Al frente de ellos, dirigiéndolos, se encontraban sus honorables barones; y nosotros a su lado, preguntándonos si el kraken solía acercarse a la costa.

El Esperanza era un navío ligero y rápido, y antes de que anocheciera ya había superado los montes que delimitaban el sur del Sumadana. Ante nosotros se hallaba un nuevo litoral formado por una única y larga playa de arena blanca que daba paso a un extraño bosque.

Seguimos navegando, ya que no había ni rastro de los legatarios y ni de sus secuaces. Aunque cabía la posibilidad de que hubieran escondido los botes, era algo bastante rebuscado para un tipo de gente que nunca ocultaba su presencia. Al cabo de un tiempo, cuando el sol ya daba paso a las estrellas, descubrimos la desembocadura de un río navegable.

–Deben haber remontado el río para adentrarse– comentó don Penlarvo.

Los barones coincidieron con la idea, y el viejo bergantín era capaz de navegar por esas aguas. Gracias a la pericia de los marineros, y de una ayudita mágica de Izz, pudimos adentrarnos en ese extraño valle.

Tal y como nos había parecido a primera vista, más que un bosque, era un jardín. Se veían magníficas fuentes y hermosos estanques, con estatuas de toda índole entremezclándose con frondosos árboles. Había varios caminos empedrados que se entrecruzaban formando pequeñas plazas decoradas por más estatuas, árboles y varios setos florecidos. Y el cielo y sus estrellas brillaban como si fuera un manto negro lleno de diamantes, cubriendo lo que ahora es hermoso, y que antaño fue divino.

—A pesar del tiempo que ha estado abandonado, aún conserva todo su atractivo —exclamó Tharan en voz baja, como si no quisiera romper la armonía del lugar.

—He visto ciudades más pequeñas que este jardín —confesó Halcón—. Es más, diría que nunca he visto ni una ciudad de este tamaño.

—Ni siquiera los campos de cultivo tienen esta envergadura —añadí—. Se necesita un ejército para mantener un lugar así.

—Los antiguos disponían de unos seres llamados sirvientes para realizar este tipo de trabajos —nos explicó Izz—. Eran seres animados mágicamente que cumplían sus tareas a rajatabla. Y estoy segura de que por aquí aún quedan muchos.

—¿Viven ete'namente? —preguntó Zuri—. Podríamo' pilla' un pa' y obligarlo' a trabaja' lo' campo' de Lirania.

—Ni viven eternamente, ni puedes obligarlos a nada —respondió Izz—. Solo cumplen estrictamente sus funciones.

—¿Y estos sirvientes solo hacen trabajos de jardinería? —curioseó Halcón.

—No, los ha habido de todo tipo.

—¿De todo tipo? ¿Incluso para luchar? —se preocupó Tharan.

Izz asintió parsimoniosamente.

–Y seguro que son los suficientemente fuertes como para asustar a los legatarios –resopló el escudero.

Permanecimos en silencio un largo rato, dejando que el bergantín remontase lentamente el río mientras buscábamos señales de los usurpadores. Y las encontramos.

–Mirad allí, parece un muelle. Hay un barco y varios botes atracados –advirtió Halcón, alertando así a toda la tripulación–. Cuento a dos docenas de hombres armados en tierra firme y una docena más en el barco; y nos han visto.

Los barones ordenaron que los hombres se preparasen para el combate, y lo mismo hicimos nosotros.

–El enemigo nos lleva ventaja, es menester que nos dividamos para poder dar alcance a nuestro verdadero objetivo –señaló don Penlarvo–. Si nos permitís, nos anticiparemos a las tropas; solos los alcanzaremos antes.

Los barones aceptaron el plan del adalid como la mejor opción posible. El destino de la nación de Lirania estaba en juego en esa misma noche, y no había tiempo que perder.

Por su parte, Izz se había colocado en la proa del barco, desafiante, aguardando los movimientos de los soldados enemigos, que ya habían preparado sus arcos. Y cuando estuvimos suficientemente cerca, dispararon.

–*Sedu Aleo* –fue la respuesta de nuestra maga, pronunciada extendiendo sus brazos hacia los proyectiles, que erraron su trayectoria cayendo inofensivamente al agua.

El enemigo volvió a intentarlo, y nuestra querida y apreciada maga, volvió a hacerlos fracasar. Lo que nos dio tiempo suficiente para que el Esperanza llegara al muelle y empezara el desembarque.

Esta vez las cosas no fueron tan perfectas. Izz no podía dar cobertura a todos los valientes que viajaban con nosotros, y varios fueron víctimas de las saetas enemigas. Sin embargo, nuestra superioridad numérica se hizo patente y el enemigo se vio arrastrado al combate cuerpo a cuerpo.

No obstante, nos debíamos al plan de don Penlarvo, y los cinco nos reunimos con él en la retaguardia en vez de participar en la lucha.

–Lo último que he podido ver es que entraron en una mansión situada al este de aquí –informé sin esperar la pregunta.

–Puedo llevaros fácilmente –comentó Izz–. Estos caminos están preparados para que sea muy simple usar el hechizo de viaje.

Sin añadir nada más, corrimos hasta el camino de salida del puerto, donde Izz puso una mano en el suelo, y nosotros en ella, para luego desaparecer en el estallido del trueno.

XXXV

Atravesamos la enorme extensión en un santiamén. Sin lugar a dudas, en sus tiempos había sido un jardín de los más bellos que nunca han existido. Era fácil imaginarse cómo esos árboles proyectaban su reconfortante sombra sobre la verde y tupida hierba, o la gran variedad de flores adornando con su exquisito colorido los márgenes de los caminos perfectamente empedrados. Y a pesar de más de un siglo de abandono, seguía siendo un lugar hermoso donde uno podía ir a buscar una profunda paz de espíritu, gracias a los pocos sirvientes que aún seguían funcionando.

Nuestro trayecto terminó en una plaza que daba la bienvenida a la entrada principal de la mansión. En el centro se hallaba una bonita fuente con varios surtidores, que ya no funcionaban, delimitada por un seto del cual sobresalían azarosamente una gran variedad de flores.

Sin embargo, no era el momento para maravillarse; nuestro destino nos aguardaba. Delante nuestro, a pocos pasos, teníamos la entrada de la mansión, y justo en frente, una escultura metálica tan alta como dos hombres, y brillante como el cobre recién pulido, que sostenía una enorme lanza entre sus manos.

–Esto es un gólem de metal –nos explicó Izz–. Es un tipo de sirviente que suele emplearse para tareas de vigilancia, y sabe luchar.

Pero estaba ahí quieto, sin que pareciera que nuestra presencia le importase lo más mínimo.

–Tal ve' e'te e'tropea'o y por ezo han podi'o entrar lo' legatario' –sugirió Zuri.

–Solo hay una forma de comprobarlo –dijo Halcón acercándose a la enorme estatua de metal con una flecha preparada en su arco.

Los demás lo seguimos con las manos en las empuñaduras de

nuestras armas, desconfiando completamente de ese gólem, que sin previo aviso emitió un extraño rugido seguido por un simple anuncio:

–Vuestra presencia no es esperada. Declarad el propósito de vuestra visita.

Nos miramos los unos a los otros. ¿Qué se suponía que teníamos que decir? ¿Que veníamos a recuperar las armas de los legítimos herederos de Lirania? No parecía que ese bicho obedeciera a muchas razones.

–Hemos sido enviados por los legítimos barones de Lirania con el propósito de recuperar sus armas –le respondió don Penlarvo.

–Negativo. Todos los nobles están a salvo y con sus armas. –El gólem cambió a una posición de combate, con su lanza apuntándonos–. Último aviso para que marchéis o seréis considerados intrusos.

–Es posible que haya interpretado que los niños portadores del arma sean sus legítimos dueños –nos explicó Izz–. Y que le hayan hecho creer que los legatarios son su séquito.

–Es un astuto movimiento por parte de nuestro enemigo –valoró don Penlarvo.

–Aun así, dudo mucho que eso nos deje pasar por la puerta –expuso Tharan.

–Pues nos lo cargamos y punto –propuso Halcón, que ya había tensando su arco.

El disparo del arquero fue preciso, la flecha voló directamente al cuello de esa enorme escultura, y con la suficiente potencia para perforar el metal que lo protegía. Por desgracia, no había carne ni nada parecido allí debajo, y el esfuerzo resultó en vano.

El gólem dejó de mediar palabra y cumplió sus amenazas. Con dos rápidos pasos se acercó a suficiente distancia de Halcón para acometer con una estocada de su lanza, que fue desviada por Tharan al embestirla con su escudo.

–Si me dais tiempo, puedo destruirlo –aseguró nuestra maga–. Tengo que concentrar todo mi poder, y deberéis ponérmelo a tiro.

–No puedo garantizarte cuánto resistiremos, mas haremos lo imposible para que prepares tu conjuro –le prometió don Penlarvo.

El gólem, por su parte, cambió de objetivo para centrarse en Tharan. El escudero pudo esquivar la primera estocada, y la máquina prosiguió barriendo con su lanza, impactando contra el joven aprendiz. El escudo aguantó, pero el golpe fue tal que Tharan salió volando varios pasos, cayendo de espaldas al suelo.

Cuando el sirviente se dispuso a rematarlo, don Penlarvo intervino, desviando la lanza con un mandoblazo de su montante y atrayendo su atención. El gólem prosiguió sus tentativas contra el adalid, que con esfuerzo y sudor mantenía a raya la enorme lanza que intentaba ensartarlo. Sin embargo, estos esfuerzos no le servían para acercarse lo suficiente para golpear al ser metálico.

Halcón, por su parte, lo observaba buscando por dónde podría dispararle. Sabía que no había carne allí dentro, y que tampoco habría ningún órgano vital. Sin embargo, se le ocurrió algo cuando vio que, de vez en cuando, el gólem intentaba girar la cabeza y no lo conseguía.

–¡Las articulaciones! –nos gritó–. Id a por las inferiores y yo me encargaré de las superiores.

Dicho y hecho. Zurinanda estaba lista para atacar, solo quería saber cómo podía hacerlo, y al oír a Halcón, corrió describiendo un gran arco para poder ganarle el flanco al guardián. Y yo seguí su ejemplo, lanzándome a la carrera con mi espada corta en mano por el otro flanco.

Zuri consiguió su objetivo y con todas sus fuerzas le clavó la daga en la parte posterior de la rodilla izquierda. En el mismo instante, Halcón disparó otra de sus flechas que se incrustó en el hombro derecho del gólem. Sin embargo, aunque sí que había perdido algo de velocidad en sus movimientos, seguía siendo superior y peligroso, y nuestra tesorera, gracias a sus reflejos felinos, pudo evitar por los pelos un golpe directo de la parte posterior de la lanza. Ataque que siguió su curso hasta mí, interrumpiendo mi avance.

En ese momento me fijé en Izz. Se hallaba en una posición erguida pero con las piernas medio abiertas y ligeramente dobladas, totalmente concentrada. Tenía sus manos enfrente de ella, cerca de su cuerpo, y entre ellas crecía una llama increíblemente brillante. Comprendí que, fuera lo que fuese eso, le requería mucho esfuerzo y que no podría lanzar dos seguidos así como así; teníamos que ponerle el gólem muy bien a tiro. Es más, tenía que hacerlo yo.

Haciendo acopio de todo mi coraje, me lancé otra vez contra el ser mecánico, golpeándole en la blindada pantorrilla. Pero eso no fue suficiente para atraer su atención, y tuve que emplearme más a fondo. Embistiendo con todas mis fuerzas, conseguí clavarle mi espada en su muslo, y ahora sí que obtuve su atención.

Primero intentó barrerme con su lanza, pero, dejando la espada clavada, me agaché y la lanza me pasó por encima. Seguidamente me levanté y recuperé mi arma, justo a tiempo para dar un paso lateral y esquivar otra estocada. Era una sensación nueva para mí, pero agradable, sentía plena confianza en mis posibilidades, y el gólem, que antes lo veía tan rápido y letal como fuerte y poderoso, ahora lo percibía como alguien lento a quien me podía anticipar a todos sus movimientos, y con suma facilidad. Paso a paso fui reculando hasta llegar justo donde tenía que llegar.

–¡*KOBANGA IGNILA!*

El grito musical de nuestra maga hizo brotar de sus brazos

extendidos una enorme llamarada que brillaba como el mismo sol. El rayo hendió el aire en un instante, golpeando al gólem en el pecho con tal fiereza que lo atravesó de par en par.

Cuando la llama se extinguió –realmente solo duró un instante, pero la magnitud del ataque fue tal que nos pareció una eternidad–, pudimos contemplar a un Izz exhausta y a un gólem inmóvil con su pecho derretido.

XXXVI

Al fin pudimos entrar en la mansión. El recibidor era enorme, con el suelo de mármol blanco y cada pared decorada con frescos que, a pesar de su belleza y calidad, no sabía interpretar. Delante nuestro veíamos una enorme escalinata que conducía al piso de arriba con una alfombra azul de bordes dorados. Y en la planta baja diferentes puertas y portones daban paso a más pasillos y estancias de la mansión. Pero nuestro objetivo era claro: teníamos que hallar la forja, porque era lo que buscaban los legatarios.

–¿Y bien? ¿Ahora por dónde? –musitó Halcón y todos me miraron.

Nunca había estado en un lugar como ese, y no me refiero solamente a la magnificencia del edificio. Era un lugar mágico, lleno de historias que palpitaban con la misma fuerza que el ser que las vivió, y todas ellas pugnaban para llamar mi atención. Era muy difícil y complicado abrirse paso a través de todo ese pasado, casi imposible encontrar a los legatarios y el camino que hubieran escogido. Sin embargo, tirando de los hilos del destino pasado encontré a un ser de enorme poder entregando una espada. Era una visión borrosa, pero siguiéndola hasta su pasado pude descubrir la ruta hacia la forja mágica de Parasar.

–La primera puerta de la derecha nos lleva a un pasillo que tenemos que seguir hasta la penúltima puerta. Esa es la entrada de una escala que conduce a un semisótano, allí es donde se encuentra la forja donde se crearon las armas.

–Muchas gracias, Hassel, sin ti avanzaríamos sin rumbo –me agradeció don Penlarvo.

–Realmente, sin él estaríamos disolviéndonos en los ácidos gástricos de un enorme monstruo marino –matizó Tharan.

–¿Y sabes algo de los legatarios? –me preguntó Izz.

–No… Y me llevaría una eternidad abrirme paso por todas las vivencias de este lugar hasta dar con ellos.

–Entonces, aconsejo prudencia y andarse con mil ojos – recomendó Halcón.

–Tharan, encabeza tú la marcha –ordenó don Penlarvo–. Halcón y yo iremos detrás de ti.

Recorrimos el pasillo en silencio, sin ningún contratiempo. Los amplios ventanales a lo largo de la pared exterior dejaban entrar la escasa luz de las estrellas, suficiente para poder llegar a la penúltima puerta.

Con cautela, y con los demás en guardia, Halcón intentó abrirla, pero estaba cerrada con llave.

–Llo pue'o forza' el cerro'o –nos confesó Zuri–. Y luego colarme y da' un vi'tazo.

Don Penlarvo asintió, pero yo tuve que intervenir:

–No deberías correr riesgos en tu estado.

Nuestra tesorera me miró de reojo, bien sorprendida. Y se hizo un instante de silenció roto por el codazo que Halcón propinó a Tharan.

–¡Granuja! Que callado lo tenías.

–Yo… eh… pero… –fue la única respuesta de nuestro escudero.

La siguiente reacción, casi inmediata, fue la de Izz poniéndose una mano en la cara y regañando a Zuri.

–¿Pero no te había dicho algo sobre lo del sexo seguro?

–Sí… pero… cuando e'ta allí en medio del frega'o… –se excusó tímidamente, antes de seguir con cierta molestia– Ademá', ¡me da igual! No me arrepicnto de na'a.

Don Penlarvo, que estaba disfrutando del espectáculo, me dirigió la palabra:

–¿Tienes la absoluta certeza de que Zurinanda se encuentra en estado de gracia y por intervención de Tharan?

–Sí, y será un niño sano y fuerte.

Realmente lo sabía desde antes de subir al Esperanza. Tal vez debía haberlo dicho antes, pero sigo creyendo que ese era el mejor momento para dar la noticia.

–Pues cuando volvamos, bodorrio al canto –bromeó Halcón.

–Me niego a que me caze el tirilla' del sacerdote eze –refunfuñó Zurinanda.

–Pues que os case Izrileth, que tiene algo así como un poder sobrenatural –prosiguió el arquero.

–Tampoco es que sea el mejor ejemplo de virtud y devoción –se le escapó a Tharan.

–¡Eh! Que sea liberal no significa que sea mala persona –le espetó la maga.

Reímos un poco, que falta nos hacía; al otro lado de esa puerta había un enemigo verdaderamente poderoso que aún no había conocido la derrota.

Suspiramos, nos calmamos, y recuperamos la compostura.

–Entonces, que Zurinanda abra la puerta, y entraré yo primero – decretó don Penlarvo.

Nuestra tesorera sacó de uno de sus bolsillos un juego de ganzúas y, con bastante maña y un poco de tiempo, consiguió hacer saltar el cerrojo. Seguidamente entramos todos, con el adalid y el arquero delante, y detrás, Tharan protegiendo a la madre de sus hijos, cuchicheándole algo al oído.

Mientras tanto, en el puerto, la lucha llegaba a su fin. Los barones habían conseguido hacer valer la superioridad numérica y obligaron a los lacayos de los usurpadores a deponer sus armas. Sin embargo, la lucha se había cobrado muchas vidas, y los nobles, acompañados por un número reducido de sus hombres, se pusieron rápidamente en camino hacia la mansión.

XXXVII

Con los barones en camino, y nuestras armas preparadas, descendimos por la lúgubre escalera que daba paso a un corredor que conducía hasta la forja encantada. Todo ese recorrido, oscuro y descuidado, desentonaba con el resto de la mansión, que era blanca e impoluta. Era como si estuviéramos descendiendo hacia alguna guarida secreta donde se llevaran a cabo todo tipo de actos tenebrosos y rituales prohibidos; antiguas artes más allá de nuestra comprensión, pertenecientes a conocimientos ya olvidados.

La forja era una gran bóveda en cuyo extremo brillaba el fuego eterno que alimentaba su horno principal, y a su lado un yunque con un gran martillo actuado por las fuerzas del vapor. En la pared sur había un gran portón cerrado a cal y canto desde el interior. En la otra pared descansaban toda clase de instrumentos diseñados para trabajar cualquier tipo de metal. Y en el centro, varios bancos de trabajo con todavía más utensilios.

Y, por supuesto, no estábamos solos. Al lado del horno estaba el legatario de pelo largo y plateado, acompañado por la legataria de vestido carmesí. Ambos estaban ocupados analizando el Hacha de las Tierras Altas que tenían encima del yunque; las demás armas yacían sobre el banco de trabajo más cercano. A poca distancia dormían dos niños de mediana edad. A simple vista solo parecían cansados, agotados, sin ningún tipo de herida o maltrato; pero poco puedes fiarte de sus captores.

–Por fin han llegado las visitas –anunció una dulce voz de tenor a nuestra derecha.

De entre las sombras apareció un tercer legatario, el de las dos cimitarras azuladas. Nos sonreía amenazadoramente, como si hiciera tiempo que nos quisiera ver y ajustar alguna cuenta pendiente.

–Deshaceos de ellos. Aquí tenemos trabajo que hacer –ordenó el legatario de pelo plateado en su idioma (por aquél entonces aún no lo entendía, pero tampoco hacía falta; por el tono de su voz todos entendimos lo que dijo).

El espadachín desenvainó lentamente sus cimitarras, sin borrar su burlona sonrisa de su cara. Pero algo llamó mi atención, y con un rápido, más bien, un desesperado movimiento de mi espada tracé un amplio arco detrás de Izz, y se oyeron dos golpe metálicos. Durante un breve instante se dejó ver la legataria de las dagas largas, bastante molesta por mi actuación, y volvió a fundirse con las sombras de ese lugar.

–Halcón, Hassel, dad fin a quien nos acecha desde la sombra. Izrileth, Zurinanda, interrumpid el ritual. Tharan, juntos nos ocuparemos del de las cimitarras –nos organizó don Penlarvo, y asentimos al unísono.

Halcón y yo nos pusimos espalda contra espalda, observando y vigilando cada rincón de esa oscura y amplia forja. Don Penlarvo y Tharan cargaron contra el espadachín, que, con un hábil movimiento de sus cimitarras, les detuvo en seco. E Izz puso una mano encima de Zuri y lanzó su «*Zaptro Kusora*», apareciendo cerca del horno y de los dos legatarios.

–*Terulo Arkino* –fue la respuesta de la legataria del vestido carmesí.

El legatario de pelo plateado, que dedicó una mirada de desconcierto a su compañera, y Zurinanda cayeron al suelo; pero Izz pudo mantener el equilibrio y contraatacar con su «*Speinla Ignila*» lanzando un rayo de fuego hacia la legataria. Pero la otra maga respondió con un «*Sedu Arkino*» y el fuego desapareció contra su escudo mágico. Seguidamente continuó con un «*Katro Arkino*» e Izz fue golpeada por una onda de choque azulada que hizo brillar su vestido.

Mientras, don Penlarvo y Tharan se hallaban enfrascados en una lucha sin cuartel contra el legatario de las dos cimitarras. El adalid ya había usado su «*Karu Tegula*», pudiendo así equiparar su velocidad con la de su adversario, pero este también conocía la misma técnica y la poca ventaja de la que disponían se limitaba a una supuesta superioridad numérica. Cuando Tharan bloqueaba la cimitarra, y seguidamente lanzaba una estocada, esta era esquivada por el legatario, o desviada por una de las cimitarras; y los mandoblazos de don Penlarvo se veían frustrados por la otra cimitarra que, a su vez, atacaba y era detenida por su montante. Sin embargo, el experto legatario tenía un as en la manga y, aprovechando un pequeño error en la guardia de nuestro líder, le propinó una patada, apartándolo del combate; y se centró en Tharan.

El joven escudero pudo anular los dos primeros sablazos, pero el tercero consiguió hacerle un corte en el brazo izquierdo, justo por encima del escudo, y, aprovechándose del temporal debilitamiento del dolor, desarmó a Tharan, arrojando su espada ancha fuera de su alcance, dejándolo a su merced. Pero la montante de don Penlarvo apareció nuevamente, deteniendo en seco el golpe que hubiera puesto fin a la vida del escudero.

Por nuestra parte, seguíamos vigilantes. Y otra vez impulsado por mi instinto, moví mi espada corta con firmeza justo a tiempo para evitar las dos dagas que intentaron apuñalarme, y mi agresora desapareció nuevamente entre las sombras. Pero no desistió en su intento, y nuevamente volvió a arremeter, pero esta vez solo pude desviar una daga, y oí a Halcón gritar de dolor. La legataria me sonrió y volvió a desaparecer entre las sombras, retirando el puñal clavado en el muslo de mi compañero.

Con todo eso, obviamente, los niños se habían despertado. Uno de ellos, al ver que Tharan había perdido su arma, le lanzó la espada ancha de Lirania, que la recogió pero, una vez más, esta le rechazó. Al verlo, el del pelo plateado sacó un puñal dirigiéndose con malas intenciones hacia los niños; pero Zurinanda le placó con todas sus fuerzas haciéndolo caer. Estuvieron en el suelo forcejeando un rato, con tirones de pelo y mordiscos incluidos, pero pronto terminó cuando el legatario le propino a la ratera un puñetazo que le rompió la nariz.

Las dos magas seguían batallando, haciendo chocar los hechizos de fuego contra la magia arcana de la otra; y desgastándose tanto física como mentalmente. Izz lanzó su *Speinla Ignila* cuya recta llamarada fue absorbida por otro *Sedu Arkino* de la legataria. Esta contraatacó con un *Speinla Arkino*, pero el brillante rayo fue desviado por el *Terue Ignila* de la humana, que rápidamente conjuró un *Katro Ignila* que consiguió acercar a la legataria. Sin embargo, su vestido brilló como hacía el de Izz, y solamente quedó aturdida momentáneamente. Pero ese instante fue aprovechado por nuestra maga para juntar sus manos y preparar un hechizo aún más poderoso; aunque la legataria se recuperó a tiempo y adoptó la misma posición. Y los gritos de *Kobanga Ignila* y *Kobanga Arkino* se sobrepusieron el uno al otro. Los enormes rayos de fuego y energía arcana chocaron en el aire, empujándose el uno al otro, pero las fuerzas estaban igualadas, y al final estallaron inundando la sala de luz y calor.

Ambas magas jadeaban, cansadas por el esfuerzo del combate, pero la legataria parecía sorprendida por la calidad de su oponente:

–Ningún humano tan joven como tú sabría usar correctamente el cañón, y ningún humano suficientemente mayor tendría la fuerza para dominarlo. Dime, ¿has hecho algún pacto con alguna fuerza tenebrosa?, ¿o es que te dedicas a robar la juventud a los demás?

–No hago tratos con gente de tu calaña.

La legataria le sonrió burlona, pero sin apartar la vista de su oponente. Izz la miró fijamente, concentrada en la batalla. Ambas recuperaron el aliento y siguieron su propia lucha.

Entretanto, don Penlarvo mantenía a raya al espadachín legatario, intentando ganar tiempo para que su escudero recuperase su arma; pero las cimitarras bailaban demasiado deprisa. En poco tiempo, los movimientos del adalid pasaron a ser únicamente defensivos, desviando y bloqueando los sablazos lanzados hacia él desde todas direcciones, obligándole a cruzar su espada para poder hacerles frente. Hasta que el legatario, con una hábil finta seguida por un rápido movimiento, aprisionó la montante contra una mesa de trabajo con una de sus armas, y al grito de «*Katro Tegula*» golpeó con la otra la hoja de don Penlarvo, partiéndola por la mitad. Pero Tharan ya había conseguido recuperar el arma y arremetió de nuevo contra el espadachín.

Mientras, Halcón y yo seguíamos escudriñando las sombras, buscando a nuestra escurridiza enemiga. Y nuestra tenacidad fue recompensada por otra visita relámpago. Pude desviar mi golpe una vez más, pero Halcón tuvo que conformarse con que solo le hiciera un corte en su brazo izquierdo.

–Tengo una idea –le dije.

–Espero que sea buena –me respondió.

Cambié mi guardia levantando mi espada corta; ciertamente era una posición muy mala, pero tenía confianza. Y cuando la legataria volvió a arremeter, golpeé hacia abajo, desviando una vez más la daga dirigida hacia mí y golpeando el otro brazo de nuestra atacante, causándole un enorme corte sangrante. Y esta vez no había vuelto a retirarse hacia las sombras.

Halcón le dio un tremendo cabezazo que la hizo tambalearse. La mujer intentó defenderse, pero el arquero ya la había agarrado con fuerza por el brazo sano, y la embistió con el hombro, derribándola al suelo y cayendo con ella. Nuestra enemiga intentaba escabullirse, contorsionándose debajo del fuerte cuerpo del arquero. Era ágil y consiguió hacerse a un lado, pero, cuando se puso en pie, la agarré con fuerza por el torso, y Halcón consiguió apuñalarla en el estómago, con su espada corta abriéndose camino hacia el corazón. Y el arquero, sintiéndose victorioso, se desplomó en el suelo, descansando.

En el otro lado de la forja, el otro niño había cogido la espada de mano y media del conde de Lirania, y apuntaba con ella al legatario de melena plateada, mientras Zurinanda seguía cegada por el dolor y la sangre de su nariz. El legatario se rió de él, mofándose:

–¿Acaso crees que puedes hacerme algo? Si ni siquiera te tienes en pie.

Sin embargo, el niño arremetió lleno de furia; pero fue en vano. El enemigo lo esquivó con facilidad, y le hizo la zancadilla. La espada cayó en medio de la habitación.

Por su parte, Tharan se encontraba abrumado por el espadachín y sus cimitarras. Sin la ayuda de don Penlarvo, que con media espada ni siquiera podía acercarse para atacarlo, y con el brazo del escudo entumecido, a duras penas pudo evitar los primeros sablazos. Créeme, corrí todo lo que pude para intentar ayudarlo, a pesar de saber lo que sucedería y que, por desgracia, sé que siempre acierto. No pude evitarlo, y una de las cimitarras le hizo un profundo corte en la garganta. Lo único que pude hacer por él es asegurarme de que dejaría este mundo sabiendo que sería padre gracias a la mujer que más amó, y confío que este pensamiento le ayudase a valorar su sacrificio final y a marchar en paz.

Don Penlarvo, con la aflicción contenida por la pérdida de su aprendiz, al cual quería como a un hijo, probó una última idea desesperada. Con un salto recogió la Espada de Lirania, y seguidamente la ofreció a uno de los niños, rogándole con lágrimas contenidas:

–Por favor, intenta usar el arma. En ella reside un gran poder que nos salvará a todos.

Y las dos magas, tanto la humana como la legataria, detuvieron su batalla, mirando de reojo a nuestro adalid.

XXXVIII

El mundo parecía haberse paralizado en ese instante, con todos contemplando cómo don Penlarvo sostenía la espada de mano y media que ofrecía al niño al cual rogaba. La primera reacción a todo eso fue por parte de la legataria, que miró sonriente a nuestra maga:

–Izrileth, ¿verdad? Ya nos volveremos a ver. –Y, con un ademán coqueto y una sonrisa picarona, conjuró su *Retu Kusora* y desapareció.

Y con esto, el mundo volvió a girar.

Seguí con mi carrera, consiguiendo interponerme entre el espadachín y don Penlarvo. El legatario no se contuvo para nada, lanzando sablazo tras sablazo contra mí; y yo los detenía todos.

–No puedes ganar únicamente defendiéndote –me advirtió, obligándome a retroceder en cada uno de sus ataques.

Y tenía razón, pronto estaría contra la pared, y por mucho que mi don me advirtiera por dónde vendría el siguiente ataque, habría un momento en que me sería físicamente imposible evitarlo.

El legatario de la melena plateada estaba estupefacto, petrificado sin reaccionar. Observaba a nuestro adalid sin creerse lo que sus ojos veían, y tal visión no entraba en sus cálculos. Pero don Penlarvo seguía con su idea, hasta que Izz le dijo:

–Esto… Pen…, deja al niño en paz.

Entonces fue cuando lo comprendió. Al fin y al cabo, nuestro líder era humano y su juicio también se nublaba a veces. Pero comprendió, y aceptó. Y empuñó la Espada de Lirania.

–Ayuda a Has, que tiene problemas –le aconsejó Izz–. Yo me encargo de este gilipuertas.

Nuestra maga, haciendo gala de su mala leche, obligó al legatario a ponerse de rodillas con las manos en la nuca, para luego amordazarlo. Pero, mientras yo sudaba lo innombrable para mantener al espadachín a raya, don Penlarvo se había quedado quieto observando fijamente su arma, como si se quisieran presentar, o decirse algo.

Halcón y Zurinanda se estaban recuperando. El arquero se levantó con mucha dificultad apoyándose en uno de los bancos de trabajo, con su pierna cubierta de sangre y la cura provisional de un torniquete, más que dispuesto a volver a la lucha con las pocas fuerzas que le quedasen, con tal de vengar a su compañero y hermano de armas. La tesorera, con la cara ensangrentada, se sujetaba un trapo sucio contra su nariz, que a la vez detenía la hemorragia y absorbía las lágrimas derramadas por el que hubiera sido su marido y padre del hijo que llevaba dentro. También quería unirse a la lucha, pero sus ojos estaban nublados por el dolor y el pesar, y avanzaba tropezando con todo.

Mientras tanto, el experimentado espadachín había conseguido encaminarme contra la pared, donde me acorraló; pero por fin don Penlarvo reaccionó y arremetió contra él.

Al principio, con el legatario algo desprevenido y con su flanco amenazado, pareció que el adalid tenía una clara ventaja con su nueva y refulgente espada, pero pronto se igualaron las fuerzas. Las estocadas de don Penlarvo eran desviadas por una de las cimitarras y la otra contraatacaba rápidamente; cuando uno daba un paso adelante, el otro seguidamente le obligaba a retroceder.

–Tus aliados no te pueden ayudar, sinfegil –le amenazó el legatario–. Y por mucha espada mágica que tengas, eres incapaz de superarme, como tampoco pudo el anterior conde. –Rió con soberbia con sus ojos reflejando su fe en la victoria–. Estás solo y serás el próximo en morir. ¡*Karu Tegula*!

El legatario, apoyado por su magia, emprendió un nuevo y feroz ataque, lanzando sablazos y estocadas sin cesar, obligando a don Penlarvo a defenderse y a retroceder igual que cuando le había roto la espada, y tal y como me había hecho a mí para llevarme contra la pared.

–Tienes razón en todo, excepto en una cosa –le respondió el adalid entre parada y parada–: no estoy solo.

La lucha los había llevado justo en frente del portón principal, que se abrió repentinamente, dejando paso a una enorme lanza dorada que ensartó al espadachín.

El enorme gólem dorado, idéntico al que custodiaba la entrada principal, retiró su lanza del inerte cuerpo, dejando el cadáver allí mismo. Ni se inmutó por nuestra presencia, volviendo tranquilamente a su tarea de vigilancia.

Don Penlarvo se acercó al único legatario que quedaba allí, apuntándolo amenazadoramente con su brillante espada.

–Y vos, que tanto daño habéis hecho a esta tierra y a su gente, deberéis responder ante la justicia. –La voz del adalid sonó firme y tajante, acuerdo con su mirada férrea y severa.

–Si quieres mantenerlo con vida, deberíamos ponerle unos brazales de bronce –le recomendó Izz–. Se trata de unos grilletes especiales que impiden el uso del Éter. Tal vez haya algunos por esta mansión.

Don Penlarvo permaneció en silencio un momento, concentrándose otra vez en su espada.

–Ahora los traen.

–No os saldréis con la vuestra, estúpidos *sinfegin*. Uralmi volverá, me rescatará y os convertirá a todos en cenizas.

–Eso no te lo crees ni tú –le replicó Izz, tomando buena nota de ese nombre, el de la maga legataria.

Cuando los barones por fin llegaron a la mansión, no había nadie para recibirlos; a todos se nos había ido de la cabeza. En silencio, Izz atendía a Halcón; le aplicaba una cura de primeros auxilios, retirándole el torniquete para cambiarlo por un vendaje más adecuado, ayudándose por la poca magia curativa que conocía. Zurinanda lloraba desconsolada sobre el pecho de Tharan; hacía tan solo unos momentos ese chico le había prometido matrimonio, y ahora solo le quedaba la promesa del fruto de su amor mutuo. Don Penlarvo seguía mirando fijamente a su espada en silencio; el arma y el guerrero tenían, y querían, entrar en comunión, además de que esa tarea le servía para evitar que su mente se perdiera en el doloroso recuerdo del escudero. Y por mi parte, me quedé en un rincón, sin saber cómo ayudar a Izz a curar a Halcón, ni cómo guiar a don Penlarvo en el uso de su poderosa arma, ni cómo consolar a Zurinanda. Lo único que hice fue darme cuenta de que los barones estaban a punto de entrar en la mansión. Así que avisé a los demás y fui a su encuentro.

XXXIX

Acompañé a los barones y sus soldados hasta la forja, explicándoles todo lo sucedido por el camino: cómo vencimos a los legatarios, dando fin a dos de ellos, haciendo huir a la maga y capturando a su líder, y también el malogrado destino de Tharan. Los nobles nos contaron que el hijo corrupto del conde se hallaba entre los que defendían el puerto, y que rápidamente se rindió cuando vio amenazada su vida.

Una vez dentro, don Penlarvo les entregó sus correspondientes armas –la rojiza hacha de armas para el barón de las Tierras Altas, y el sable azulado para el barón del Litoral Sumadeno–, guardando las demás, incluyendo la Espada de Lirania, en un cesto de la forja.

–Esa no deberías guardarla –declaró el anciano Máspuc refiriéndose a la espada de mano y media,

–Mas no soy el conde, ni tan siquiera habitante de Lirania –alegó don Penlarvo.

–La espada te ha elegido –puntualizó Izrileth.

–Jefe, por lo que a mí respeta, paso de volver a Tiragad para tener que besarle el culo a la marquesa y a su pandilla de amazonas –opinó Halcón.

–Deberíais quedaros. Además, Máspuc y yo ya hemos debatido esta posibilidad y no tenemos ningún reparo en aceptar tu autoridad –anunció el barón de las Tierras Altas.

–Y también nos hace falta sangre nueva para poder sobrevivir en estos nuevos tiempos tan llenos de peligros, y sin la protección de nuestro antiguo benefactor –valoró Máspuc.

Don Penlarvo miró a Halcón, que con la mirada le exhortaba a que aceptara. Luego se fijó en Tharan, quien había dado la vida por la libertad de la gente de Lirania, y a Zurinanda, quien todavía seguía a su lado y que poco le ataba a la tierra que la había visto crecer.

—Si esta es vuestra voluntad, que así sea —aceptó don Penlarvo, enfundando la Espada de Lirania en su vieja vaina.

—¿Y cuál es la primera voluntad del nuevo conde? —se interesó el barón de las Tierras Altas.

—Regresaremos a Puerto de Lirania, allí daremos sepultura con todos los honores a Tharan y a los demás que han luchado y caído defendiendo la libertad en esta crucial noche. Y a lo referente a los prisioneros, serán juzgados, otorgándoles la oportunidad de exponer los motivos que impulsaron su reprochable conducta.

A la mañana siguiente atracamos en Puerto de Lirania. Llevamos los prisioneros a las mazmorras del alcázar, que no eran únicamente el hijo corrupto y el jefe legatario, sino que además también encarcelamos a todos aquellos quienes habían dado su apoyo a los usurpadores.

Al medio día, el sacerdote Flaruso ofició un emotivo entierro para todos los caídos, dedicando unas palabras especiales hacia Tharan «el extranjero que, con su gran valentía y sentido del honor y del deber, nos enseñó el valor del sacrificio hacia el prójimo». Sus tumbas fueron sencillas, mirando hacia el océano, como le hubiera gustado descansar al joven escudero; semanas más tarde, Zurinanda se encargaría de que tuviera una lápida de piedra que le recordase eternamente.

Don Penlarvo decidió postergar el juicio hasta el día siguiente, cuando los ánimos estuvieran un poco más calmados.

El juicio empezó temprano por la mañana en el patio de armas del alcázar. La fórmula era simple: cada preso tenía derecho a exponer los motivos que le habían impulsado a cometer su crimen, en este caso, traición. Los primeros en hablar fueron los simples soldados que habían apoyado a los usurpadores. Todos dijeron lo mismo, que únicamente habían seguido al lado del que, por derecho de sucesión, era el conde de Lirania y que, además, estaban convencidos de que los legatarios eran la mejor opción para encarar la nueva era que ya había empezado, una era sin los Antiguos que dieron forma al condado.

El penúltimo en hablar fue el hijo corrompido del conde. Más que dirigirse al nuevo conde, prefirió hablar a los que allí habían acudido:

–Soy Norgan, el único hijo de Emans, antiguo conde de Lirania, y por lo tanto, el auténtico y verdadero conde por derecho de nacimiento. –Dirigió una mirada asesina a don Penlarvo, que ni se inmutó–. No acepto tu autoridad, ni la de cualquier otro que se atreva a ostentarla. Pero quiero dejaros claro que habéis condenado a este condado y a toda su gente.

»Los legatarios representan la modernidad y la posibilidad, por no decir la certeza, de expandir nuestras fronteras y devolver a Lirania todo su antiguo esplendor. Ellos me educaron. Desconocéis hasta qué punto es infinita su sabiduría, y os puedo jurar que las cosas estarían peor si no hubieran venido. Si los extranjeros no se hubieran inmiscuido, nos habrían librado del yugo de la antigua magia, representada en las armas de Lirania, que sometía a esta tierra bajo el control de un ser que ya no existe; ni él ni ninguno de los de su especie.

»Sin embargo, todavía hay esperanzas si, como buenos súbditos que sois, me liberáis y ponéis fin a esta locura…

Los abucheos del gentío no dejaron entender nada más. La gente nunca le perdonaría haber dejado que los legatarios entraran en esas tierra, y aún tenían bien presente el diezmo del Tributo.

El último en hablar fue el legatario de la melena plateada, el líder de los usurpadores. Respondía al nombre de Baristraf, y el orgullo y altivez que había desprendido hacía solo un par de días, parecían haber desaparecido.

–He de reconocer que la espada ha aceptado un nuevo dueño, y que respetar su voluntad es respetar la voluntad de Parasar, el creador de Lirania. Del mismo modo ustedes tienen que reconocer que nuestra gente es la verdadera heredera de la cultura que los Antiguos levantaron. Además, al igual que el nuevo amo de la Espada de Lirania y sus compañeros, nosotros también somos unos extranjeros que fuimos a buscar una nueva tierra para poder vivir en paz. Sin embargo, nos fue imposible dar a entender nuestro mensaje, muy seguramente por las grandes diferencias entre nuestras culturas; pero os bien juro que con el tiempo, nos hubiéramos llevado muy bien. Ahora, sin embargo, os habéis negado la posibilidad de que estas tierras viviesen una edad de oro sin precedentes…

La paciencia de la gente terminó pronto; simplemente querían conocer el aspecto de aquel que les había infringido tanto dolor antes de lincharlo. Sin embargo, la promesa de don Penlarvo de que se haría justicia les hizo contener las ansias de venganza de la turba, pero debían dejarle un día para reflexionar antes de emitir un veredicto y su correspondiente pena.

Pero algo curioso sucedió. Cuando anochecía, Izrileth fue a hablar con el adalid para recordarle su promesa:

–Aún no se me ha recompensado por mis servicios.

–Tampoco has mencionado cuáles son tus honorarios.

–A eso venía. Quiero que esta noche el legatario esté solo en su celda, ni guardias ni otros prisioneros; y le haré una visita.

Don Penlarvo miró a nuestra maga algo turbado. Esperaba alguna otra petición, tal vez oro o alguno de los objetos mágicos que había por el condado; pero eso le desconcertaba profundamente. Sin embargo, era un hombre de palabra.

–Sea así. Ni siquiera preguntaré el porqué, mas debes dejarlo vivo para que se pueda hacer justicia.

Izz asintió y fue a prepararse.

XL

A la mañana siguiente, todos los presos fueron llevados al patio central del alcázar para escuchar el veredicto del nuevo conde. La mayoría de soldados a las órdenes de los usurpadores pidieron clemencia, contrastando con Norgan, que seguía altivo y desafiante. No obstante, Baristraf parecía cansado, demacrado, como si de golpe y porrazo le hubieran caído todos los años de su vida encima; aun así, nadie le dio importancia. Y cuando el gentío guardó silencio, don Penlarvo promulgó su justicia:

–Habitantes de Lirania, hemos escuchado a los acusados defenderse y exponer los motivos que impulsaron sus crímenes para que se pueda hacer justicia de forma civilizada. Y como gente civilizada que hay que ser, debemos detener el derramamiento de sangre que solamente llevará a más sangre derramada. Por lo tanto, considero que la pena que se merecen es el exilio de por vida, sin derecho a volver a Lirania.

»No obstante, hay gente que su simple existencia resulta una amenaza demasiado grave para todos nosotros y nuestro futuro. Así que me veo obligado a hacer una única excepción: Baristraf será ejecutado, y yo mismo seré el verdugo, y la Espada de Lirania el instrumento.

El legatario, cuyas fuerzas le habían abandonado, fue conducido ante don Penlarvo con el horror de la muerte segura reflejado en su rostro. El conde desenfundó la espada, y su hoja refulgió bajo la luz del sol matutino. El condenado, ya de rodillas, buscaba entre la gente un atisbo de esperanza. Confiaba en que Uralmi, la que fue su socia, saliera al rescate; algo como una súbita aparición seguida por una gran explosión arcana para luego desaparecer los dos. Pero la espada bajó con toda la furia de la rectitud, y se hizo justicia. Su cuerpo decapitado se desplomó en el suelo sin que nadie se hubiera opuesto a ello.

Don Penlarvo, siguiendo un consejo mío, dio una semana para que los exiliados recogiesen un mínimo de útiles y demás pertenencias para empezar su viaje sin retorno. Durante esa semana, varios de los soldados condenados pidieron otra vez clemencia, la cual fue concedida a cambio de trabajar duro y exponiendo su vida para Lirania; otros simplemente reafirmaron su lealtad al hijo corrupto. También nos dio tiempo para capturar a los demás cómplices que se escondían en Celador Sempiterno y Cortijo Noble, que decidieron unirse «voluntariamente» a la caravana del exilio. Y, por supuesto, pudimos devolver a los niños secuestrados con sus respectivas familias.

Así mismo, a nosotros también nos llegó la hora de despedirnos. Celebramos una cena los cinco a solas para poder hablar sin tapujos, incluso la comida la hicieron Izz y Halcón. Reímos, cantamos y brindamos, tanto por lo vivido como por Tharan, y por todo lo que habían dejado atrás. Sin embargo, la hora de despedirse se acercaba.

–¿Y qué haréis ahora? –curioseó Izz con una copa de vino medio vacía en su mano.

–Quedarnos, aunque no deseo hablar por los demás ni imponer mi criterio. Al fin y al cabo, abandonamos Tiragad con la idea de hallar una nueva patria –respondió el conde Penlarvo–. Además, esta gente me cae bien y necesitan de nuestro servicio.

–Si el jefe se queda, yo me quedo –agregó Halcón, levantando su copa a modo de brindis–. Y aunque hayamos echado a los legatarios, aún quedan muchos peligros, como los trasgos del sur y del este. ¿Verdad que me harás capitán de la guardia, jefe?

–No conozco a nadie mejor –ratificó el conde haciendo chocar su copa con la de su segundo.

–En Punta de Eren solo me e'pera miseria, aunque hize amigo'… –argumentó Zurinanda.

–Había pensado que si te quedabas con nosotros, podrías seguir con el mismo cargo que te otorgué –le animó don Penlarvo.

–¿Se' la tesorera del conda'o? –preguntó la muy sorprendida Zuri.

El conde asintió, y también brindó con ella.

–Necesito a mi lado gente con la que sé que se puede confiar, y has demostrado ampliamente que eres una persona noble. – Seguidamente nos miró interrogativamente– ¿Y vosotros dos? ¿Qué pensáis hacer?

–Volveré a ser una errante, la vida sedentaria no es para mí – anunció Izrileth.

–Sepas que siempre serás bien recibida en Lirania, a pesar de que alguien como vos nos sería de gran útil. –Le ofreció don Penlarvo antes de fijarse en mí–. ¿Y el joven Hassel?

–Sé que podéis apañároslas sin mí, y me gustaría volver a mi tierra antes de salir otra vez de viaje. Hay mucho por allí fuera que tengo ganas de descubrir. Además, aprovecharé para poner al día a vuestras familias y amigos.

–Vente conmigo y te enseñaré cómo sacar más partido a tus dones –se ofreció Izz.

–Lo cierto es que no hay ninguna prisa en que regrese a mi casa – le respondí sonriendo–. Será un placer acompañarte.

Y seguimos bebiendo y charlando hasta bien entrada la noche.

A la mañana siguiente, más bien a media mañana porque dormimos a pierna suelta, Izz y yo nos despedimos de los demás por última vez. Todos me entregaron varias cartas con diferentes destinatarios y les prometí que entregaría en persona. Don Penlarvo había preparado una carta de condolencias para la familia de Tharan, otra carta algo personal y también diplomática para la marquesa del oeste, y una última para su hermana. Halcón me entregó una carta para la condesa Águila, su ex mujer, y otra para su hija. Zurinanda me confió un mensaje que tenía que hacer llegar a sus tres amigos más íntimos de Punta de Eren –los tres eran analfabetos, una carta no sería de utilidad– donde los invitaba a reunirse con ella en Lirania.

Salimos de la fortificación a pie, para evitar los problemas de las murallas con los hechizos de transporte.

–Dime, Has, ¿cómo les irá a Pen y compañía?

–Les será difícil, no lo niego, pero les irá todo muy bien y harán de Lirania un nación próspera que perdurará muchos siglos. Don Penlarvo será recordado a lo largo de la historia como el mejor dirigente que nunca han tenido.

Por el camino nos cruzamos con los exiliados que ese mismo día partían rumbo al sur y a lo desconocido. Volvimos a ver al destituido barón del Gelidana y su capitán, también estaba con ellos el senescal de las Tierras Altas, el que intentó envenenarnos, y en medio de todos se encontraba el hijo corrupto, preparado para marchar con su gente, siempre escoltados y vigilados por varios soldados fieles al nuevo conde.

–Sé que Pen no estaría de acuerdo con lo que te voy a pedir, pero deberías decirme dónde podría encontrar al heredero corrupto de aquí a un par de semanas.

–¿Quieres cargártelo para que no pueda volver al frente de un ejército? Tranquila, es lo suficientemente imbécil para que lo maten antes de un mes. Sé lo que me digo.

Izz sonrió divertida.

–Vale, te creo.

Cuando superamos el puente elevadizo, Izz apoyó su mano en el suelo y yo en su hombro. Y a la señal del «*Itro Kusora*» abandonamos Lirania.

Llegados a este punto, estoy seguro que tienes algo muy importante que hacer. El destino no espera a nadie, y el mundo es de los valientes. Y no hace falta ser vidente para saber que mañana es el primer día del futuro que, con esfuerzo y sudor, te dará la merecida recompensa.

Hassel «el vidente», Guardián de Ateril

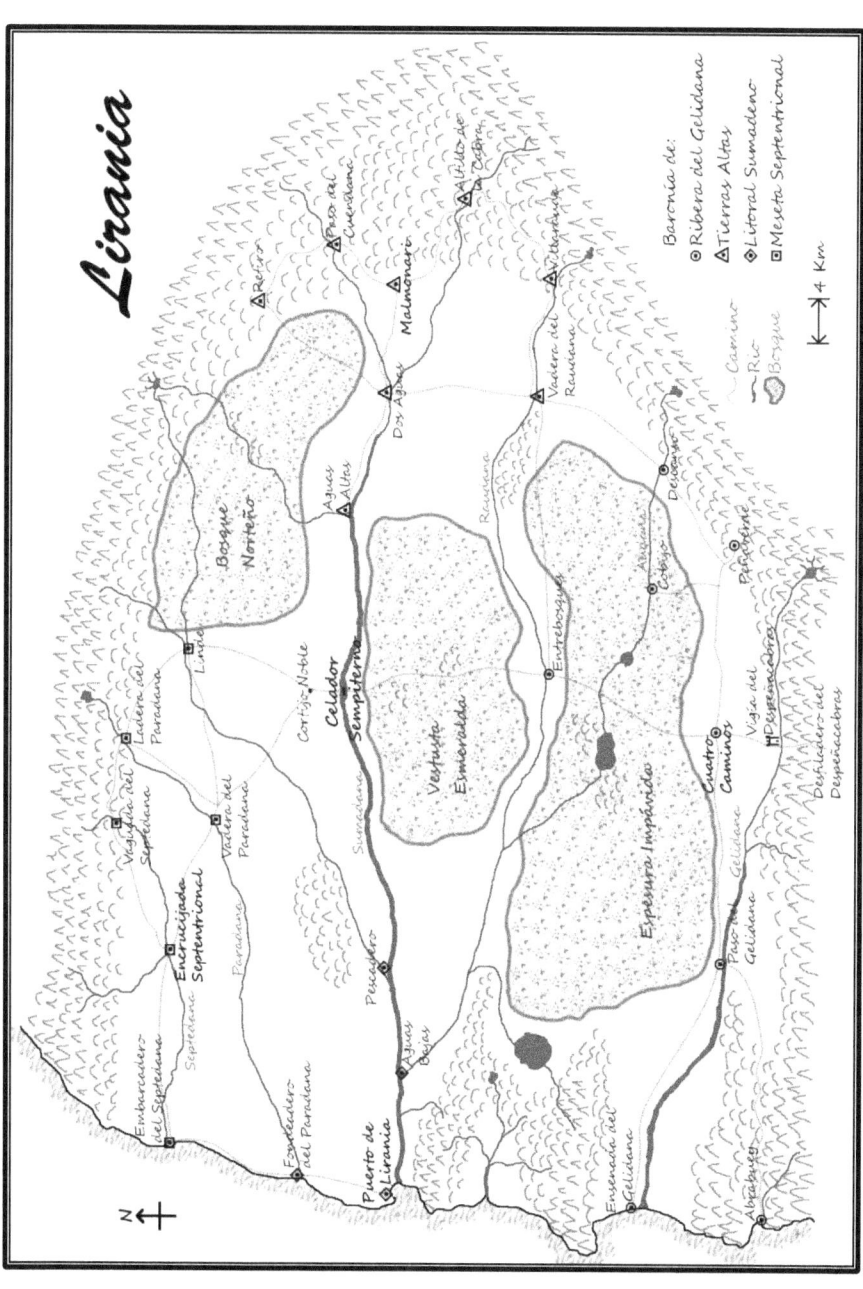

Lirania

www.ingramcontent.com/pod-product-compliance
Lightning Source LLC
Chambersburg PA
CBHW070842120626
46556CB00002B/842